Bef. Heckman 2/13/75

Raquel

Letras Hispánicas

Vicente García de la Huerta

Raquel

Tragedia española en tres jornadas

Edición de
Joseph G. Fucilla

EDICIONES CÁTEDRA, S. A. Madrid

© Ediciones Cátedra, S. A., 1974
Cid, 4. Madrid-1
Depósito legal: M. 11.583.—1974
ISBN: 84-376-0011-1
Printed in Spain
Impreso en Artes Gráficas Benzal, Virtudes, 7, Madrid-3

índice

INTRODUCCIÓN
- Nacimiento y juventud 11
- Incidencias de su vida 11
- Sus diversas obras 12

RAQUEL 15
- Antecedentes del tema 15
- La tragedia de García de la Huerta 18
- Aspectos originales de *Raquel* 26
- Los personajes 29
- Éxito de *Raquel* 32
- Nuestra edición 33

BIBLIOGRAFÍA 35

RAQUEL 39

Introducción

Nacimiento y juventud

Vicente García de la Huerta nació en 1734, en Zafra, provincia de Badajoz. Pasó su primera juventud en una localidad a orillas del Duero, probablemente Zamora. Después de un breve período de estudio en Salamanca, se estableció en Madrid [1], donde, en 1757, se casó con doña Gertrudis Carrera y Larrea, natural de Salamanca. Los diez años transcurridos en la capital señalan la etapa más brillante de su vida. Entonces fue nombrado archivero de la Casa de Alba, oficial primero de la Biblioteca Real, individuo de la Academia Española, de la Academia de la Historia y de la de San Fernando. En 1760, le encargó el Gobierno las inscripciones latinas y castellanas para la entrada de Carlos III, que sirvieron para adornar los principales sitios por donde pasó el rey. A este mismo año pertenece una obra erudita, *Biblioteca militar española*. También compuso varias poesías de gusto neoclásico, y otras a imitación de Góngora, que gozaron de buena acogida en los círculos literarios, entre ellas *Endimión*, canto heroico, ya publicado en 1755.

Incidencias de su vida

Ignoramos las causas que, en 1766, pusieron fin a los triunfos del joven. Lo que sabemos es que él

---
[1] Véase el poemita autobiográfico «Relación amorosa», en *Obras poéticas*, II, Madrid, 1779, págs. 159-63.

mismo echó la culpa de sus desgracias al poderoso conde de Aranda, primer ministro del rey borbónico, y que pudo resultar de la ingerencia del conde en una intriga amorosa de Huerta. Sea como fuere, acompañó al duque de Huéscar, hijo del duque de Alba, a París durante este año. Unos pocos meses después de su vuelta a la Corte (en 1767), circularon anónimamente algunas coplas satíricas contra el conde, y Huerta, aunque negó ser el autor, fue confinado en el presidio del Peñón; pero luego su sentencia fue conmutada por un período de destierro en Granada. Al año siguiente fue trasladado a Madrid y condenado a siete años de presidio en Orán. Volvió a la Corte en 1777. Por desgracia, se encontró ahora con que su encarcelamiento había destruido el prestigio que antes gozaba, y en vez de tratar, pacientemente, de recobrar la simpatía de literatos tales como Jovellanos, Iriarte, Forner y Moratín se dejó embrollar en una serie de violentas polémicas, disparando contra ellos una infinidad de denuestos.

Sus diversas obras

Sin duda le había llenado de vanagloria el gran éxito de la tragedia de la bella judía, *Raquel*, representada en 1778, patente ejemplo de españolismo entre la multitud de piezas afrancesadas que entonces atestaban los escenarios. Es posible que también terminara en aquel tiempo *Agamenón vengado*, inspirándose en el arreglo que, de *Electra*, de Sófocles, había hecho el maestro Fernán de Oliva, a principios del siglo XVI.

En 1784, vertió al castellano *Zaire*, de Voltaire, con el título de *Fe triunfante de amor y cetro o la Xaira*, y, el año siguiente, fue publicado su *Theatro Hespañol*, antología de los dramaturgos del Siglo de Oro, en catorce tomos. Las treinta y seis comedias reproducidas provienen del repertorio de Rojas, Moreto, Calderón, Zamora, Cañizares, Candamo, Juan de la Hoz y Melchor Fernández de León. La omisión de comedias de Lope, Tirso, Alarcón, Guillén de Castro, Mira de Amescua y Montalván hizo exclamar a Menéndez y Pelayo: «El que no quiera conocer el teatro español, guíese por la colección de Huerta» (*Historia de las ideas estéticas en España*, III, Santander, 1940, 320).

En su preámbulo de doscientas páginas, Huerta hace una defensa intemperante del teatro español que, en su mayor parte, consiste en un ataque contra los críticos italianos y franceses de la comedia del Siglo de Oro —Quadrio, Tiraboschi, Bettinelli, Signorelli, Voltaire, Linguet— y los partidarios de la escuela neoclásica en España, y hasta llega a denigrar a Cervantes. Sus compatriotas no podían tolerar estas recriminaciones, y algunos de ellos, como Jovellanos, Forner, Samaniego y Moratín, escribieron opúsculos contra él.

Huerta falleció en Madrid el 12 de marzo de 1787, y, para la ocasión, Tomás de Iriarte compuso este epitafio:

> De juicio sí, mas no de ingenio escaso,
> aquí Huerta el audaz, descanso goza;
> deja un puesto vacante en el Parnaso
> y una jaula vacía en Zaragoza [2].

---

[2] Vid. COTARELO Y MORI, *Iriarte y su época*, Madrid, 1897, página 344.

«Raquel»

Antecedentes del tema

Los textos más antiguos que tratan de la leyenda de Raquel son la *Primera Crónica General*, la *Crónica de 1344*, la *Tercera Crónica General* y los *Castigos y Documentos del Rey Don Sancho*. Pero, la *Tercera Crónica*, publicada por Florián de Ocampo bajo el título de *Las Quatro Partes Enteras de la Crónica de España* en Zamora en 1541, por ser la única impresa, es la que fue más utilizada por los autores del Renacimiento y del Siglo de Oro. En ésta, la relación de los amores del rey Alfonso VIII (1155-1214) y la hermosa judía es como sigue:

> Pues el rey don Alfonso ovo passados todos estos trabajos en el comienço quando reynó, y fue casado segun que auedes oydo, fuese para Toledo con su muger doña Leonor; e estando y, pagóse mucho de vna judía que avie nombre Fermosa, e olvidó la muger, e encerróse con ella gran tiempo en guisa que no se podie partir della por ninguna manera, nin se pagaua tanto de cosa ninguna; e estovo encerrado con ella poco menos de siete años, que non se membraua de sí nin de su reyno nin de otra cosa ninguna. Entonces ovieron su acuerdo los omes buenos del reyno como pusiesen algun recado en aquel fecho, tan malo, e tan desaguisado: e acordaron que la matassen, e que assí cobrarien a su señor que tenien por perdido; y en este acuerdo fueronse para allá; e entraron al Rey diziendo que querien fabrar con él; e mientras los vnos fabraron con el Rey entraron

otros donde estaua aquella judía en muy nobres estrados, e degolláronla a ella, e a quantos estauan con ella, e desí fuéronse su carrera. E desque el Rey lo sopo, fué muy cuytado que non sabie qué si fiziesse; tan grande era el amor que della avie. Estonces trauaron con él sus vasallos e sacáronolo de Toledo, e llegaron con él a vn logar que llaman Iliescas, que es a seys leguas de Toledo. E allí stando el Rey en la noche en su cámara, cuydando en la judía, fabran las gentes que aparesciol el angel, e quel dixo: «Alfonso, ¿Quan cuydas en el mal que has fecho de que tomó Dios de ti deseruicio? Mal fazes, e caramente te lo demandará Dios a ti e a tu puebro.» E diz que estonces demandol el Rey quien era el que le aquello dezie. E él dixo como era angel mensagero de Dios que venie allí por su mandado a dezirle aquello. E el Rey fincó los ynojos antes él, pediendol merced que rogasse a Dios por él. E el angel le dixo: «Teme a Dios, ca cierto es que te lo demandará, e por este peccado que tu fiziste tan sin zozobra, non fincará de ti quien reyne en el reyno que tu reynas, mas fincará en el linage de tu fija, e de aquí adelante pártete de mal fazer e mal obrar, e non fagas cosa porque Dios tome mayor saña contra ti.» E estonces dizen que desapareció: e fincó la cámara llena de gran claridad e de tan buen olor e tan sabroso, que maruilla era. E el Rey fincó muy triste de lo que le dixera el angel; e de allí adelante temió siempre a Dios e fizo siempre buenas obras, e emendó mucho en su vida e fizo mucho bien, segun vos lo contará la estoria adelante.

(Cuarta parte del texto de Ocampo, Zamora, 1541, folios 344-45.)

Almela, en su *Valerio de las Historias*, reprodujo el relato de la *Crónica de 1344*. Reapareció la leyenda a principios del siglo XVII en la *Historia de España* de Mariana, libro XI, cap. XVII, y casi contemporáneamente llamó la atención de Lope de Vega.

Esta patética tragedia medieval atrajo el interés del fecundo Lope, quien la introdujo con varios ornamentos poéticos en el libro XIX de su *Jerusalén conquistada* (1609). Aquí la Fermosa de la *Crónica* figura con el nombre de Raquel, adoptado posteriormente en las otras versiones de la historia. Algunos años después Lope volvió a tratar el tema en una pieza teatral, *Las paces de los reyes y judía de Toledo*, impresa por primera vez en la parte VII de sus *Comedias* (Madrid, 1617). Es una obra llena de grandes bellezas.

También estimable es *La desgraciada Raquel y Rei Don Alfonso*, compuesta por Mira de Amescua en 1625 y aprobada por los censores diez años más tarde, en 1635. Existe en un manuscrito autógrafo mutilado que poseyó el hispanista norteamericano George Ticknor y que ahora se halla en la Boston Public Library.

1650 es la fecha de publicación de otra versión del tema, *La Raquel*, de Luis de Ulloa y Pereyra, célebre poema en octavas reales que Quintana ha llamado «el último suspiro de la antigua musa castellana».

Las patentes semejanzas entre la comedia de Mira y las octavas no se les escaparon al ojo agudo de Menéndez y Pelayo, quien, después de citar como evidencia los discursos políticos de Álvar Núñez y Fernando Illán, concluye de esta manera:

> Se dirá que Ulloa pudo tomar estos conceptos y estas imágenes de Mira de Amézcua [*los que se hallan en las arengas de Núñez e Illán*] pero ¿quién ha de creer tal plagio de un poeta como Ulloa (original no sólo como poeta, sino como hombre), cuando estas octavas son precisamente tan geniales suyas, cuando expresan lo más hondo de su pesimismo político, y cuando están hechas de tan noble y valiente manera que excluyen hasta la sospecha de que puedan ser perífrasis del adocenado romanzón que va al frente?[3]

---

[3] «Observaciones preliminares» en *Obras de Lope de Vega*, VIII, Madrid, 1898, CXX.

En efecto, si comparamos la última escena del manuscrito de la comedia en que Alfonso, recostado en el prado durante la caza, tiene su sueño profético del asesinato de Raquel, con la del sueño igualmente profético que en Ulloa tiene Alfonso en los montes, y añadimos esta prueba a las palabras convincentes del gran crítico que acabamos de citar, nos vemos en la obligación de admitir que Ulloa fue el modelo principal de esta pieza dramática y que su poema debió de haber sido conocido en los círculos literarios antes de 1625.

Bajo el título de *La judía de Toledo*, una versión del tema anda atribuida a Diamante en *Parte 27 de comedias varias* (1667). Se ha dicho, y comúnmente se sigue creyendo, que es una refundición de la comedia de Mira. La verdad es que se trata de un enorme y flagrante plagio de ella y, salvo pocos cambios, completamente idéntica a *La desgraciada Raquel*[4].

La tragedia de García de la Huerta

La gran popularidad de que gozó *La judía de Toledo*, sin duda estimuló a Huerta a la emulación con una tragedia sobre el mismo asunto. En otra comparación hecha por Menéndez y Pelayo se dice que Huerta «de Ulloa y de Diamante aprovechó tanto que sus contemporáneos llegaron a acusarle de plagio»[5]. Tratemos de establecer con precisión lo que

---

[4] Véase Hugo Albert RENNERT. «Mira de Amescua et *La Judía de Toledo*», en *Revue hispanique*, VII (1900), págs. 119-140.

Menéndez y Pelayo no conoció directamente la comedia de Mira, y cuando hizo las susodichas observaciones sobre Ulloa y ésta tenía presente sólo la así llamada refundición de Diamante.

[5] Huelga decir que hay muchas versiones de la leyenda de Raquel compuestas antes y después de la pieza de Huerta. El profesor James A. Castañeda, examina un buen número de ellas en capítulos I, II y IV de su *A Critical Edition of Lope de Vega's. Las Paces de los Reyes y Judía de Toledo*. Chapel Hill, Carolina del Norte, Estados Unidos, 1962.

debe el extremeño a cada uno de sus dos compatriotas.

Después del anuncio del tema en la primera octava, y la dedicatoria dirigida al «Príncipe» en las tres siguientes, Ulloa sitúa el tiempo y el lugar de su narración en esta estrofa:

> Después que coronado de victorias,
> de Alfonso Octavo al militar denuedo,
> dio materias feliz a las Historias,
> y puesto el Orbe en respectivo miedo
> consagró de Las Navas las memorias
> en el ínclito Templo de Toledo;
> quiso dar a las Leyes la voz viva
> que el sordo estruendo de las armas priva.
>
> *(Parnaso español*, I. Madrid, 1768, 124.)

Son versos puramente informativos que dan poco relieve al glorioso aniversario que está celebrándose. El autor está todo absorto en la suerte de Raquel e impaciente por empezar el relato de su tragedia.

Huerta hace de estos conceptos un elemento importante de su solemne y grandilocuente exposición, dándoles el relieve artístico que Ulloa les había negado [6].

> GARCERÁN MANRIQUE:
> Toda júbilo es hoy la gran Toledo:
> al popular aplauso y alegría
> unidos al magnífico aparato
> las victorias de Alfonso solemnizan.
> Hoy se cumplen diez años, que triunfante
> le vio volver el Tajo a sus orillas,
> después de haber las del Jordán bañado
> con la persiana sangre y con la Egypcia:
> segundo Godofredo, cuya espada
> de celestial impulso dirigida,
> al cuello amenazó del Saladino,
> tirano pertinaz de Palestina;

---

[6] Cfr. Menéndez y Pelayo, *op. cit.*, CXXIV.

> quando el poder, y esfuerzo Castellano
> cobró en Jerusalén la joya rica
> del Sepulcro de Christo con desdoro
> del francés Lusiñán antes perdida [7];
> y hoy también hace siete, que postrado
> el orgullo feroz de la Morisma,
> le aclamaron las Navas de Tolosa
> por sus proezas Marte de Castilla:
> y ofreciendo los bárbaros pendones
> por tapetes del templo de María,
> perpetuó de la hazaña la memoria
> con la celebridad hoy repetida.
>
> (Acto I, 1-24)

En Ulloa se decreta el destierro de los judíos. Para evitar que esto suceda, Rubén, el pontífice israelita, se sirve de una «hermosa virgen», Raquel, de quien se enamora el rey cuando ésta le presenta el memorial en que se pide la revocación del edicto. Los castellanos no pueden tolerar lo que ellos consideran una infamia, y uno de sus jefes, Álvar Núñez, declara en una arenga que, para librar al rey, es preciso sacrificar a Raquel. Una de las octavas intermedias del discurso trata de los efectos perniciosos de su tiranía:

> De una Ramera torpe en la esperanza
> vivimos, o suspensos, o postrados,
> siendo al arbitrio de su fiel balanza
> los premios, y castigos ponderados:
> sólo la liviandad de su mudanza
> nos tiene desvalidos, o privados:
> tanta paciencia en pechos varoniles,
> no los hace leales, sino viles.
>
> *(Op. cit.,* 133)

---

[7] Falsificando la historia, Lope, en la *Jerusalén conquistada*, había hecho de Alfonso un cruzado y conquistador de Palestina, y Huerta utiliza esta invención para dar más realce a la figura del rey.

Es esta estrofa de la arenga que Huerta con aguda perspicacia dramática imita y emplea como punto culminante del lamento de Hernán García en la primera escena de la tragedia. El tono ya prenuncia la catástrofe.

> ¿Quién, Garcerán, no teme aunque su ilustre
> nacimiento y conducta le distingan
> caer en su desgracia? De su arbitrio
> penden honor, hacienda, fama y vida:
> agotados del Reyno los thesoros
> tiene su profusión; su altanería
> por sumisión, adoración pretende;
> besarla el pie, doblarla la rodilla,
> el medio de medrar es en la Corte.
> ¿Y eso los Ricos Hombres de Castilla
> deben sufrir? ¿Es esto ser leales?
> Esto no es lealtad, es villanía.
>
> (Acto I, 105-16)

El apóstrofe de la Raquel del poema a los conjujurados que vienen a matarla es merecidamente famoso:

> Traydores, fue a decirles, y turbada
> siendo cerca del pecho las cuchillas,
> mudó la voz, y dixo, *Caballeros,*
> *¿por qué infamáis los ínclitos aceros?*
>
> *(Op. cit.,* 141)

Huerta lo vuelve a poner con acierto en boca de su Raquel:

> Traydores... ¿Mas qué digo? Castellanos,
> nobleza de este reyno, ¿así la diestra
> armáis con tanto aprobio de la fama
> contra mi vida?
>
> (Acto III, 581-84)

y aun supera a Ulloa en la vehemencia de las recriminaciones afligidas que le hace pronunciar en el mismo parlamento. Pero el zafreño insiste todavía en prolongarlas, y en el momento de ser apuñalada por Rubén, le hace clamar barrocamente contra los conjurados:

> ... ¿Qué dudáis? Mi sangre vierta
> vuestro rigor. Al pecho, que os ofrezco
> tan voluntariamente, abrid mil puertas;
> que no cabrá por menos tanta llama,
> tanto ardor, tanto fuego, tanta hoguera... [8]
>
> (Acto III, 658-62)

palabras que destruyen algún tanto la eficacia expresiva de las anteriores.

El primer punto en que se manifiesta en Huerta la influencia de la obra atribuida a Diamante es en el segundo acto, cuando Alfonso coloca a Raquel en el trono y le entrega la autoridad real; pero la elaboración del episodio es distinta e incomparablemente más imponente.

En Ulloa, los conjurados deciden suspender la ejecución de su plan hasta que Alfonso esté divirtiéndose en la caza:

> Y para que el intento imaginado
> más breve, y fácil más, se egecutara,
> fue cómplice la caza.
>
> (*Op. cit.*, 136)

---

[8] MARTÍNEZ DE LA ROSA, *Apéndice sobre la tragedia española*, en *Obras completas*, I. París, 1845, págs. 115-16, ya había tratado de la frialdad de este sentimiento. Cfr. CERVANTES: *Quijote*, parte II, cap. LX, donde hace que Claudia describa de este modo las heridas que acaba de infligir en Vicente: «y a lo que creo, le debí de encerrar más de dos balas en el cuerpo, abriéndole puertas por donde envuelta en su sangre saliese mi honra».

Álvar Núñez en la comedia es algo más específico:

> El Rey ha salido a caza,
> y avisados los monteros
> están de que, con la maña
> mayor que puedan, tan lejos
> le lleven, que aunque el aviso
> de Fernando (porque es cierto
> que no ha de dejar de darle,
> habiéndonos descubierto)
> llegue a tiempo, nunca pueda
> volver a estorbarlo a tiempo.
>
> *(BAE, XLIX, pág. 16)*

Huerta tiene presentes las palabras de Álvar Núñez, cuando hace que García pida que se difiera la hora de la muerte de Raquel, pero debió de darse cuenta de que era preciso suavizar la crudeza de la propuesta de Nuñez, que representaba un grave desacato hacia el rey, cuya persona todos, y a pesar de todo, respetaban y honraban. Por eso, añade al bárbaro intento manifestado por éste, el anhelo de mitigar el dolor de Alfonso, y así la ofensa:

> Pues, supuesto que estáis determinados
> y no es posible haceros resistencia,
> sólo pretendo suspendáis la furia
> un breve espacio. Doble culpa fuera
> atreverse a Raquel, estando Alfonso
> presente a sus ultrajes: ni pudiera
> vuestra intención acaso conseguirse
> si por ventura Alfonso a comprenderla
> llegase. Y pues que suele con el noble
> recreo de la caza partir treguas
> en la guerra de amor, esta oportuna
> ocasión esperad, porque con ella
> vuestra acción se asegure, y que de Alfonso
> menor sea el dolor, menor la ofensa.
>
> (Acto III, 151-64)

Las palabras de Álvar Núñez, en la comedia, son precedidas por este aparte de Fernán:

> Avisar al rey pretendo,
> que yo no podré impedirlos
> si una vez están resueltos,
> y aunque aventure la vida
> importa no perder tiempo.
>
> *(Op. cit.*, pág. 16)

y unos momentos después, éste declara en otro aparte que pertenece a la escena que sigue:

> Dudoso estoy; si me voy,
> Raquel puede peligrar...
>
> *(Op. cit.*, pág. 16)

Huerta funde los dos apartes en uno de García:

> ¡Oh, ilusión temeraria! En el delito
> cifráis la lealtad. ¡Oh, quién pudiera
> contener el exceso! Mas si a Alfonso
> corro a avisar, Raquel expuesta queda;
> si en su defensa expongo yo mi vida
> ¿podré lograr acaso con perderla
> librar la suya? ¡Oh extremos infelices!
> ¿Si acaso, viendo el riesgo, se aprovecha
> de mi aviso Raquel? Hacia el postigo
> parto veloz con intención resuelta
> de libertarla, aunque mi vida arriesgue.
>
> (Acto III, 509-19)

Lo que preocupa a Fernán es la cólera de Alfonso, no salvar la vida de Raquel. García, en contraste, experimenta una lucha interior mucho más intensa en la cual revela una humanidad y un heroísmo que le hace digno de admiración en este instante.

En la escena final, Diamante hace exclamar al rey cuando descubre a Raquel difunta:

> ¡Ay de mí! ¿Qué es lo que veo?
> ¿Quién la acerada cuchilla
> en sus hermosos cristales
> dejó la púrpura tinta?

(Op. cit., pág. 18)

y, en el soliloquio que sigue al correrse el telón, pide venganza y la muerte de los culpables:

> Venganza, amor, que te ofende
> sangrienta mano enemiga...
> no quede vivo ninguno;
> mueran, que así se castiga
> quien de mi respeto ultraja
> la reverancia precisa.

(Op. cit., pág. 18)

Huerta cambia ligeramente la descripción barroca del cuerpo ensangrentado de Raquel, sustituyendo los *cristales* por *azucenas:*

> Raquel mía, mi bien. ¿Quién de esta suerte
> de púrpura tiñó las azucenas?

(Acto III, 2232-3)

y, en la explosión de la pasión de Alfonso que viene poco después, junta venganza y muerte, en un verso aislado colocado al final de su parlamento, dándole así una potencia dramática extraordinaria:

> Venganza, amor: quien te ha ofendido, muera.

(Acto III, 760)

Nuestro autor nunca revela que es un imitador servil. Al contrario, hemos visto que utiliza escasamente el material de sus fuentes y, cuando lo hace, casi siempre mejora la expresión o el efecto de lo que toma. Nos parece claro, por tanto, que la acusación de plagio proclamada por sus contemporáneos, seguramente enemigos suyos, carece de fundamento.

Aspectos originales de «Raquel»

Huerta ha dado a su *Raquel* un aspecto formalmente neoclásico, en consonancia con las ideas de la época. Respeta rigurosamente en ella la unidad de acción, de lugar y de tiempo. Emplea una sola clase de versificación, el romance endecasílabo, que es bastante próximo al alejandrino. Elimina el gracioso. Son concesiones sin las cuales hubiera entonces sido imposible asegurar su representación en los grandes teatros de su país. Fuera de esto, el autor mantiene para sí la libertad de idear su pieza de acuerdo con sus propios convencimientos, y lo declara abiertamente en una poesía: «Introducción para la tragedia española intitulada *Raquel*. En su primera representación en la Corte, año 1778.»

> ....
> Hoy a escuchar los trágicos acentos
> de Española Melpómene, os convido:
> no disfrazada en peregrinos modos
> pues desdeña extranjeros atavíos:
>
> Vestida sí ropajes Castellanos,
> severa sencillez y austero estilo,
> altas ideas, nobles pensamientos,
> que inspira el clima, donde habéis nacido...

El excelente análisis que hace del carácter de la tragedia Menéndez y Pelayo, en el tercer tomo de su

Historia de las ideas estéticas[9], presenta en términos más precisos y concretos la sustancia del pasaje:

> En el fondo era una *comedia heroica* ni más ni menos que las de Calderón, Diamante o Candamo, con el mismo espíritu de honor y de galantería, con los mismos requiebros y bravezas expresados en versos ampulosos, floridos y bien sonantes, de aquellos que casi nadie sabía hacer sino Huerta, y que por la pompa, la lozanía y el número tan brillantemente contrastaban con las insulsas prosas rimadas de los Montianos y Cadalsos. La *Raquel* tenía que triunfar, porque era poesía genuinamente poética y genuinamente española.

En cuanto a la introducción del autor, los críticos se han limitado a citar los versos que hemos copiado, pero también merecen mención las dos estrofas que terminan la composición:

> Escuchad de Raquel la desventura
> copiada mal en los afectos míos,
> si bien llenos de obsequio y rendimiento
> y de un constante empeño de serviros.
>
> Prestad oído grato a sus quebrantos.
> ¿Mas qué teme? ¿qué duda el conseguirlo,
> siendo hermosa, y vosotros Españoles,
> infeliz, y vosotros compasivos?
>
> (*Obras poéticas*, II. Madrid, 1779, 226)

Éstas nos muestran que lo que principalmente llevó al autor a escoger el tema de Raquel, fue el deseo de presentar en las tablas una hermosura desdichada, un tema sentimental típicamente español y muy capaz de captar la simpatía de su público. ¿Cuántas veces no hemos encontrado este tipo de mujer en las comedias del Siglo de Oro, particularmente en Calde-

---

[9] *Ed. cit.*, pág. 318.

rón? Y, entre paréntesis, hay también recuerdos calderonianos en la tragedia. Por ejemplo, en el diálogo que tiene con Raquel, al comienzo de la segunda jornada, Rubén la aconseja que llore en presencia de Alfonso como medio de conseguir la revocación del edicto del destierro de los judíos. Quiere, por lo visto, aplicar el refrán que emplea el gran dramaturgo como título de su comedia *Mujer, llora y vencerás*, y así como en ésta triunfa Inés, en la tragedia vence Raquel. Será una coincidencia, pero, por cierto, no lo son las palabras del rey a Raquel, al verla postrada ante él:

> Alza, Raquel, del suelo; de tu llanto
> suspende los raudales; no abatido
> tengas el cielo, de quien eres copia.

(Acto II, 535-37)

que reflejan de cerca las de Aureliano a Cenobia en *La gran Cenobia*:

> Alza, Cenobia, del suelo,
> que grande prodigio encierra
> cuando humildes en la tierra
> se ven las luces del cielo.

(Acto II: *Obras completas*, I, Madrid, 1951, 180)

Si, como preparación para valorar debidamente *Raquel*, pudiéramos leer varias comedias del siglo XVII, creo que podríamos darnos cuenta hasta qué punto se había empapado Huerta en la lectura de una gran parte del viejo repertorio teatral español —comedias de capa y espada, de figurón, heroicas—, familiarización que le permitió no sólo remedar su tono y estilo, sino también sus artificios retóricos, sus fórmulas, sus tópicos, etc.

Los personajes

El carácter de Raquel resulta bastante complejo. Es soberbia, ambiciosa, vengativa y elemental. De Alfonso sabe que es «dueño absoluto», pero, si domina al rey, es, en cambio, dominada por su confidente y correligionario, Rubén. Él es el instigador de la venganza que manifiesta Raquel contra los conjurados cuando, por breve tiempo, colocada en el solio real, comparte el poder con Alfonso. El furor que resulta provoca en seguida la catástrofe. Si, hasta aquí, la subyugación servil a la voluntad de Rubén nos ha podido inclinar a dudar de la sinceridad de su cariño hacia el rey, ella, en el momento de su mortal peligro, se redime con sus muy angustiosas protestaciones de amor entrañable y eterno. Tal es la intensidad patética de esta escena, que, a pesar de nuestro escepticismo, logra convencernos, perdurando en nosotros la imagen de una mujer verdaderamente enamorada.

Alfonso es un patriota vanaglorioso, un amante infatuado y un monarca absoluto. Frente a los primeros síntomas de sublevación, reacciona tiránicamente contra los sediciosos. «¿Se ha olvidado / Castilla, de que Alfonso la domina?» (vs. 273-74). Pero, después, la exhortación apasionada de García, con su evocación de los años heroicos, contrastados por él con el actual estado de ánimo del rey, hace renacer en éste su antiguo ser, cuando era el «invicto caudillo» de Castilla. Se arrepiente, y decreta el destierro de los judíos y, con ellos, el de Raquel, no sin una gran lucha consigo mismo en la que, involuntariamente, brotan de sus labios dos preguntas: «Pero Raquel ¿no sirve a mi locura / de disculpa? El dulcísimo milagro / de su beldad...» (versos 637-39), que ya descubren a la audiciencia que no le será tan fácil privarse de su amante; y, en efecto, cuando llega el momento de la despedida, no sólo revoca el edicto, sino que la pone en su trono y la deja sola en el palacio mientras él va a entretenerse en el placer de la caza, dos hechos éstos de un monarca que tiene una confianza suprema en el poder absoluto que ejerce sobre sus vasallos. Cuando vuelve al palacio, y se lamenta delante del cadáver de Raquel, atribuye a su ceguedad la culpa de su muerte, ceguedad que no puede solamente referirse a su amor, sino también a su conducta, y muy especialmente a los últimos dos actos que precipitaron la tragedia, el del solio y el de la ausencia.

Rubén, que desde que comenzó el enamoramiento de Alfonso había empleado a Raquel como instrumento para llevar a cabo sus ambiciones, se da cuenta de repente que el decreto de destierro de los judíos provocará la pérdida de todo lo que había logrado. A consecuencia de eso, concibe un odio implacable contra los que lo habían instigado, y trata de destruirlo por medio de la ascendencia que la hermosa mujer tiene sobre el monarca. Está obsesionado por el espíritu de venganza. Es, además, cobarde y malvado, y como tal se confiesa a sí mismo. Martínez de la Rosa, a quien disgustaba la introducción en el drama de un hombre tan despreciable, lamenta que Huerta no le hubiera dado la dignidad que tienen el Rubén de Ulloa y el David de la comedia, sin hacerse cargo de la importancia que tiene esta particular caracterización en el desenlace de la pieza. En efecto, es bastante evidente que el autor quiere imprimir en su público la imagen de una mujer hermosa y desdichada, cuya tragedia suscita una piedad profunda. Había sido, por cierto, cruel y vengativa, pero él ha puesto mucho empeño en hacer responsable a Rubén, y no a ella. La hace caer víctima de su soberbia, tantas veces fatal acompañante de la belleza. Las palabras de García con que termina el último acto, nos declaran explícitamente su intención:

> Escarmiente en su exemplo la soberbia
> pues quando el cielo quiere castigarla,
> no hay fueros, no hay poder que la defiendan.

Además, Huerta parece convenir con su García en que, si los sediciosos matan a Raquel, esta «acción tan fea» no sólo sería un ultraje a la persona del rey, sino también una mancha al «castellano nombre». Por eso, ya que ella tiene que morir, resuelve arbitrariamente el problema escogiendo a Rubén como ejecutor del crimen, y, puesto que el delito no puede quedar impune y afecta al honor de Alfonso, hace que éste tome venganza con sus propias manos. Hay que añadir que no tiene nada de original el expediente de dar muerte a un traidor por medio del arma homicida que él mismo había empleado. Por ejemplo, no cabe duda de que Huerta había leído *Cuanto mienten los indicios*, de Diamante, en donde, cuando Eduardo quiere herir al duque con una daga, Enrique se la quita y le mata. Es uno de los tópicos que pudiera hallarse en varias obras literarias.

Hernán García no es siempre consecuente consigo mismo, pero, en el fondo, es franco y generoso, fiel y fuerte defensor de su pueblo, y leal y respetuoso hacia su rey. Álvar Fáñez es un patriota intransigente, convencido que la salvación de su patria depende del sacrificio de Raquel. Por lo tocante a Garcerán Manrique, se trata de un adulador típico, despreciable y oportunista, como todos los de su casta. Los tres representan los tres bandos en que están divididos los castellanos, Álvar Fáñez y Manrique los dos extremos, y García el partido moderado. Manrique y la facción encarnada en su persona, le sirven de incentivo al rey en la afirmación de su absolutismo, que, sin este apoyo, hubiera parecido aún más odioso de lo que es.

Éxito de «Raquel»

Las imperfecciones de la pieza son visibles. La caracterización es defectuosa, el manejo de la trama no siempre llega a satisfacernos, hay escenas y pasajes marcadamente melodramáticos. Pero también contiene un caudal de elocuencia poética fascinante; la gran rapidez de la acción, llena de explosiones apasionadas, logra mantener excitado, casi sin pausa, al auditorio. Sobre todo, gracias a la noble figura de Hernán García, respira admirablemente el espíritu español de honor y de galantería que reverberan en la pieza como un placentero *leitmotiv*, que ilumina momentáneamente la tonalidad oscura de la tragedia.

Si podemos dar crédito a lo que leemos en la «Advertencia del editor» en *Obras poéticas de Vicente de la Huerta* (tomo I, Madrid, 1778), fue extraordinaria e instantánea la acogida que el público dispensó a *Raquel:*

> Por lo demás, la nación ha hecho justicia a este poema: pues sobre haberse representado muy repetidas veces en quasi todos los Theatros del Reyno, y no pocas fuera de él, corren más de dos mil copias manuscritas por España, Francia, Italia, Portugal y las Américas [10].

---

[10] Todos los que han escrito sobre la tragedia han copiado estas palabras con algunas variantes. Entre ellos Menéndez y Pelayo *(Historia de las ideas estéticas,* loc., cit., 318) omite la mención de los países extranjeros cuando declara: «En los pocos días que corrieron desde la representación de la tragedia hasta su impresión, se sacaron dos mil copias manuscritas: todo el mundo la sabía de memoria y la repetía en teatros caseros.» Dice Mesonero Romanos *(BAE,* XLI, 206): «Baste decir que todos los teatros de España la pusieron simultáneamente en escena; que mientras el autor preparaba su impresión fueron sacadas a mano más de dos mil copias para las Américas, y fue reproducida después por la prensa hasta once veces en vida de su autor y llegó al poco tiempo a ser tan popular que desde el Rey hasta el último manolo de Lavapiés repetían de coro aquellos versos de la exposición: *Toda júbilo es hoy la gran Toledo...*»
Variantes en Ms. 10.931 de la Biblioteca Nacional de Madrid.

Sería difícil documentar este aserto, que parece bastante exagerado. Pero, en vista de la superioridad indiscutible que tiene la *Raquel* sobre todas las tragedias españolas de aquel tiempo, no cabe duda de que su éxito debió de ser verdaderamente grande.

Nuestra edición

El texto de nuestra edición es el que se halla en el primer tomo de *Las obras poéticas*, Madrid, 1778. Es la edición definitiva. De la pieza hay un manuscrito en la Biblioteca Nacional de Madrid, número 10.931, que contiene muchísimas variantes. Hasta hoy casi nadie lo ha examinado. A mí me parece indudable que representa una versión anterior a la que está impresa. He reproducido estas variantes para que se pueda apreciar el enorme trabajo hecho por Huerta para perfeccionar su obra maestra. No creo que el manuscrito tenga nada que ver con la edición anónima, sumamente rara, de Barcelona, también impresa en 1778, «en la qual», como se dice en la «Advertencia del editor» *(Obras poéticas*, I, loc. cit.), «las solas erratas de imprenta exceden acaso el número de versos que contiene». En su *Catálogo de las piezas de teatro*, tomo I, 2.ª ed., Madrid, 1934, A. Paz y Meliá añade, después de la mención de nuestro manuscrito: «Impresa ya en 1814.» Existe, en efecto, una suelta con la fecha de este año publicada en Valencia por José Ferrer de Orga. Consta en la Biblioteca Nacional de Madrid. Del cotejo parcial que yo he hecho, resulta que es idéntica al texto definitivo incluido por Antonio de Sancha en las *Obras poéticas* en 1778, y regularmente adoptado desde entonces en todas las ediciones que hasta ahora han aparecido. No he podido encontrar ninguna otra edición que lleve la fecha de 1814.

Bibliografía

ALCALÁ GALIANO, Antonio, *Historia de la literatura española*. Madrid, 1845, págs. 239-42.

BOUTERWEK, F., *History of Spanish and Portuguese Literature*, I, Londres, 1823, págs. 576-87.

CASTAÑEDA, James A. de, *A Critical Edition of Lope de Vega's*. «Las Paces de los Reyes y Judía de Toledo», Chapel Hill, Carolina del Norte, Estados Unidos, 1962, páginas 11-44, 63-128.

COTARELO Y MORI, Emilio, *Iriarte y su época*, Madrid, 1897, páginas 72 y 344.

DIAMANTE, Juan Bautista, *Comedia famosa titulada La judía de Toledo*. *BAE*, XLIX, págs. 1-18.

ESPINO, Romualdo Álvarez, *Ensayo histórico crítico del teatro español*, Cádiz, 1876, págs. 259-65.

MARIANA, Juan de, *Obras*. *BAE*, XXX, pág. 330.

MARTÍNEZ DE LA ROSA, Francisco, «Apéndice sobre la tragedia española». *Obras completas*, I, París, 1845, páginas 111-120.

MENÉNDEZ Y PELAYO, Marcelino, *Historia de las ideas estéticas en España*, III, Santander, 1940, págs. 318-31.

—«Observaciones preliminares». *Obras de Lope de Vega*, VIII, Madrid, 1898, págs. CX-CXXIV.

MESONERO ROMANOS, Ramón de, *Vicente García de la Huerta. Noticia biográfica y juicio crítico*, en *BAE*, LXI, páginas 204-07.

OCAMPO, Florián de, *Las quatro partes enteras de la Crónica de España*, Zamora, 1541. Cuarta parte, fols. 344-45.

Pellissier, Robert E., *The Neo-Classic Movement in Spain During the XVIII Century*, Palo Alto, California, 1918, páginas 142-48.

Rennert, Hugo Albert, «Mira de Amescua et *La Judía de Toledo*», en *Revue hispanique*, VII (1900), págs. 119-40.

Rodríguez de Almela, *Valerio de las historias de la sagrada escritura y de los hechos de España*. Nueva ed., Madrid, 1793, págs. 71-72.

Sempere y Guarinos, Juan, *Ensayo de una biblioteca española de los mejores escritores del reynado de Carlos III*, tomo III, Madrid, 1786, págs. 102-22.

Ulloa y Pereyra, Luis de, *La Raquel. Parnaso español*, tomo I, Madrid, 1768, págs. 141-44.

Valbuena Prat, Ángel, *Historia del teatro español*, Barcelona, 1956, págs. 449-54.

Raquel

Jornada primera

Salen Manrique *y* García

Garcerán   Manrique
Toda júbilo es hoy la gran Toledo:
el popular aplauso y alegría
unidos al magnífico aparato
las victorias de Alfonso [1] solemnizan.
Hoy se cumplen diez años, que triunfante   5
le vio volver el Tajo a sus orillas,
después de haber las del Jordán bañado
con la Persiana sangre, y con la Egypcia:
segundo Godofredo, cuya espada
de celestial impulso dirigida,   10
al cuello amenazó del Saladino,
tirano pertinaz de Palestina;
cuando el poder, y esfuerzo Castellano
cobró en Jerusalén la joya rica
del Sepulcro de Christo, con desdoro   15
del francés Lusiñán antes perdida;
y hoy también hace siete, que postrado
el orgullo de feroz de la Morisma
le aclamaron las Navas de Tolosa
por sus proezas [2] Marte de Castilla: 20
y ofreciendo los bárbaros pendones
por tapetes del Templo de María,
perpetuó de la hazaña la memoria
con la celebridad hoy repetida.

---

[1] *De Alfonso las victorias*
[2] *Alcides nuevo,*

En [3] confuso tropel el Pueblo corre 25
por ver a su Monarca, que este día
dejándose gozar de sus Vasallos,
hacer mayor la fiesta determina.
La Corte toda al Templo le ha seguido:
y pues que nuestra falta conocida 30
no podrá ser en tanta concurrencia,
esperemos en estas galerías
a que vuelva; si quiere honrar el lado
de Garcerán Manrique Hernán García [4].

Hernán García

Sí, Garcerán: agradecido admito 35
tu cortés expresión; mas no repitas
memorias, que o del todo están borradas,
o tan notablemente obscurecidas.
Esperemos, sí, a ver con indolencia,
que en tan enorme subversión prosiga [5] 40
el desorden del Reino y su abandono,
del intruso poder la tiranía,
el trastorno del público gobierno,
nuestra deshonra, el lujo, la avaricia,
y todo vicio en fin, que todo vicio 45
en la torpe Raquel se encierra y cifra:
en ese basilisco, que de Alfonso
adormeció el sentido con su vista
tanto que sólo son sus desaciertos
equívocas señales de su vida. 50
Siete años hace, que el Octavo Alfonso
volvió a Toledo en triunfos y alegrías [6],
y esos hace también [7] que en vil cadena

---

[3] *Con*

[4] *si quiere dispensar su amor y lado / a Garcerán Manrique Hernán García.*

[5] *El favor que me haces agradezco / y admito, o Garcerán, tu cortesía: / esperemos, y vuelva enhorabuena / Alfonso a su palacio: en él prosiga*

[6] *alegría*

[7] *y aquesos mismos ha*

trocó el verde laurel, que le ceñía.
¿Pues cómo, cuando dices sus hazañas, 55
Garcerán, no repites la ignominia,
con que hace tanto tiempo que en sus lazos
enredado le tiene una Judía?
¿Cómo, cuando sus triunfos nos [8] refieres,
la esclavitud ignominiosa olvidas 60
de la Plebe infeliz [9] sacrificada
de esa Ramera vil a la codicia? [10]
¿Cómo de la Nobleza y de sus fueros
omites el ultraje y la mancilla?
Reina es Raquel: su gusto, su capricho, 65
una seña no más, ley es precisa
del Noble, y del Plebeyo venerada [11].
Estas hazañas añadir debías
a la Historia de Alfonso, si te precias
de ser, oh Garcerán, su Coronista. 70

MANRIQUE

Permíteme admirar, el que así olvides
la obligación, Hernando, de la antigua
nobleza de tu sangre. Los leales
jamás acciones de su Rey critican,
aun cuando el desacierto los disculpe. 75
Los Reyes dados son por la divina
mano del cielo; son sus decisiones
Leyes inviolables, y acredita
su lealtad el vasallo, obedeciendo.
Quien sus obras censura, quien aspira 80
a corregir sus yerros, el derecho
usurpa de los cielos, y aun vendría
a ser audacia atroz... [12]

---
[8] *me*
[9] *inferior*
[10] *de una ramera al fausto y la codicia?*
[11] *del Plebeyo y del Noble venerada*
[12] *entonces más de serlo se acreditan, / que de ser desleal tiene disculpa: / los Reyes dados son por la divina / mano del cielo; son sus desaciertos / leyes tal vez que a obedecer se obligan / los vasallos que son buenos vasallos: / del cielo se reserva a la justicia / la pena*

García

           Cuando se aparta
de lo que es justo el Rey, cuando declina
del decoro, que debe a su persona   85
lealtad será advertible, no osadía.
En el excelso Trono es donde debe
resplandecer más tersa la justicia,
y un Rey con sus acciones mayor cuenta
debe tener: que el vicio que sería   90
apenas conocido en las Cabañas,
si en los Palacios reina, escandaliza.

Manrique

El que profiera quejas...

García

             No me quejo
de Alfonso yo: lamento la desdicha
de este Reino infeliz, presa y despojo   95
de una infame mujer prostituida:
del Rey el ciego encanto, las prisiones
con que esta torpe Hebrea le esclaviza:
la soberbia, el orgullo, el despotismo,
con que triunfa del Reino cada día [13].   100

de la culpa de los Reyes, / y quien sus obras juzga o satiriza / se usurpa de los cielos el derecho, / y su fidelidad desacredita. Fols. 3v-4r. Cfr. vs. 74-83.

[13] García.—*En vano esfuerzas, Garcerán, razones / que inventaron lisonja y tiranía: / el vasallo y el Rey se comprometen / en un mismo principio: si declina / de lo justo el Monarca, del vasallo / justa será la queja y si se olvida / de aquella obligación, que al Reino debe / lealtad será la queja, no osadía. / Los Reyes, Reyes son, para ser justos: / que no hay razón que al Soberano exima / del delito que lo es en el vasallo: / y sí al contrario; el vicio que sería / acaso disculpable en las Cabañas / si en los Palacios reina, escandaliza; / pero aun esto sentado, no me quejo / de Alfonso yo; lamento la desdicha / de este Reino infeliz, sacrificado / de una infame mujer prostituida; / del Rey el ciego encanto, las prisiones / con que esa torpe Hebrea le esclaviza, / la soberbia, el despótico dominio, / con que triunfa del Reino cada día.* Fols. 4r-5v. Cfr. vs. 83-100.

No constan en el manuscrito las palabras de Manrique.

La primera persona de la Corte
es Raquel: a su obsequio se dedican
los grandes y pequeños, que presumen
ser las bajezas puertas de la dicha.
¿Quién, Garcerán, no teme, aunque su ilustre   105
nacimiento y conducta le distingan [14],
caer en su desgracia? De su arbitrio
penden honor, hacienda, fama, y vida: [15]
agotados del Reino los tesoros
tiene su profusión: su altanería   110
por sumisión, adoración pretende;
besarla el pie, doblarla la rodilla
el medio de medrar es en la Corte.
¿Y esto los Ricos Hombres de Castilla
deben sufrir? ¿Es esto ser leales?   115
Esto no es lealtad, es villanía.

Manrique

Conozco tu razón; veo que Alfonso
hacia su perdición se precipita:
de Raquel la injusticia considero:
pero Alfonso es mi Rey: Raquel me obliga   120
con beneficios: fiel y agradecido
debo ser a los dos; que ofendería,
si obrara de otro modo, mi nobleza.
Mas Raquel sale.

García

¡Qué desvanecida
la tiene su privanza y su fortuna!   125

Manrique

¡Qué belleza tan grave [16] y peregrina!

---
[14] *distinga*
[15] *vidas*
[16] *dulce*

García

¡Y qué bien entre Godos capacetes
parecen, Garcerán, tocas Judías!

Salen Raquel, Rubén, *y acompañamiento de judíos y judías*

Raquel

¡Oh Garcerán!

Manrique

En hora buena salga
a dar esmalte nuevo al claro día 130
la aurora de Toledo. Tantos siglos [17]
goces esa beldad, Raquel divina,
cuantas arenas de oro el rico Tajo
revuelve en sus corrientes cristalinas.

García

¡Qué torpe adulación!

Raquel

Tanto [18] agradezco, 135
Manrique, tu atención, cuanto [19] me admira
ver, que los Ricos Hombres desamparen
de Alfonso el lado en tan notable día;
y ociosos en las Cuadras de Palacio
asistan, cuando fuera más bien vista 140
la asistencia a su Rey, en los que tanto
se precian de leales.

---

[17] *años*
[18] *Mucho*
[19] *fineza, mas*

García

¡Qué osadía!

Manrique

Yo... Raquel... Mi respeto...

García *(A Manrique)*

　　　　　　Su respeto
los Nobles a su Rey sólo dedican [20].
Cuando Alfonso en las Navas de Tolosa　　　　145
　　　　　(A Raquel.)
esgrimió contra Alarbes la cuchilla;
o cuando los Persianos escuadrones
en los campos domó de Palestina,
entonces le seguí, sin que a su lado
faltase mi persona noche y día.　　　　　　　150
Mas ahora, que en fiestas se entretiene;
que no hay fieros contrarios que le embistan:
y que guerras de amor sólo sustenta [21],
no ha menester, Raquel, mi compañía.
Tropas de aduladores le acompañen　　　　　155
de tantos que alimenta la codicia [22],
mientras viva en su Corte: que en campaña
siempre el primero fue Fernán García.

Raquel

¡Qué presunción tan fiera! Tus razones
bien la aspereza bárbara acreditan　　　　　160
de tu rústica cuna, y tu crianza.
Lo inculto de los Montes de Castilla
no llevan fruto menos desabrido [23]

---

[20] *sólo a su Rey los Nobles lo dedican.*
[21] *sustenta sólo*
[22] *malicia.*
[23] *frutos... desabridos*

que tu barbaridad [24], y grosería.
Patria de fieras, y de atrevimientos   165
han sido siempre: bien lo califica
la avilantez con que de Alfonso el nombre
ha insultado tu voz. Y si se fía
en su piedad el grave desafuero,
con que a él te atreves, advertir debías,   170
que aunque piadoso, es Rey: que de su arbitrio
dependen las fortunas y las vidas:
y no están muy seguras las del necio,
que no teme a Raquel por su enemiga [25].

García

¡Qué vanas amenazas! Los vasallos   175
que como yo su lealtad confirman
con tantas pruebas: que su sangre ilustre [26]
en defensa de Alfonso desperdician:
aquellos que en sangrientos caracteres
de heridas por su nombre recibidas   180
llevan la ejecutoria de sus hechos
sobre el noble papel del pecho escrita,
ni temen amenazas, ni calumnias,
por más que les combata la malicia.
Pero a ti, a quien estéril de esos [27] montes   185
el terreno parece, es bien que diga
(para que de un error te desengañes)

---

[24] *que tu rusticidad*
[25] *Siempre Patria de fieras las montañas / han sido, y por eso allí se anidan / audacias y traiciones; bien lo prueba / la necia avilantez torpe y altiva / con que el nombre de Alfonso respetable / ha insultado tu voz; y si se fía / en su bondad, el grave desafuero / con que a él te atreves, advertir debías / que aunque piadoso, es Rey; que de su arbitrio / el dominio depende de las vidas; / y no está muy segura la del necio, / que no teme a Raquel por su enemiga.* Fols. 7v-8r. Cfr. vs. 165-174.
[26] *Bien temiera, Raquel, esa amenaza, / si a tu tirana condición altiva / fuese igual la de Alfonso: los vasallos, / que como yo la lealtad abrigan / dentro del corazón; los que su sangre*
[27] *los*

que a esas montañas [28] que desacreditas,
la libertad de España se les debe;
que en el Alarbe yugo gemiría   190
por ventura hasta hoy, si su aspereza
no hubiese [29] producido esclarecidas
almas, que con valor y atrevimiento
sacudiesen del cuello la ignominia.
Y no cansado su feraz terreno   195
espíritus produce todavía,
que el vicio y la maldad abominando,
poderla [30] derribar al fin confían
del supremo lugar, del alto asiento
que tan indignamente tiraniza [31].   200
                    (Vase.)

RAQUEL

¿Qué esto sufra? ¿Qué siendo yo de Alfonso
dueño absoluto (acábenme mis iras)
a ultrajarme se atreva así Fernando?
¿Visteis tal libertad? ¿tal osadía?
¿De qué el poder me sirve si a mis plantas 205
no ofrece el labio, la cerviz no humilla?
Pero hoy verá Toledo con asombro
castigadas sus locas demasías.
¡Oh, cuánto Alfonso tarda! Ya el deseo
de ver sus altiveces abatidas,   210
impaciente me tiene. Tú, Manrique,
advierte luego a Alfonso [32].

MANRIQUE

                    Si te obliga
con esto mi obediencia, ya te sirvo [33].
                    (Vase.)

---

[28] *aquellos montes*
[29] *hubiera*
[30] *poderlos*
[31] *tiranizan*
[32] *mira, si vuelve Alfonso*
[33] *con eso mi fineza, ya te sirve*

RAQUEL

Rubén, ¿soy yo Raquel? ¿Soy quien solía
en el alma de Alfonso, y en su Corte   215
ser adorada en vez de obedecida?
¿Soy quien las riendas del gobierno tiene
en sus manos?[34] ¿Quien premia y quien castiga?
Sácame ya, Rubén, de tanta [35] duda:
que al verme así ultrajada y ofendida [36],   220
mi poder y mi suerte desconozco,
y pienso que no soy la que solía.

RUBÉN

No al enojo la rienda, Raquel bella,
sueltes así. De Hernando la osadía
honras con tu pesar [37]. Yo te he criado;   225
por mi astucia, Raquel, y mi doctrina
te has dirigido en toda tu privanza,
desde el día feliz, en que rendida
al imperio quedó de tu hermosura
de Alfonso Octavo la soberanía.   230
Que acertados han sido mis consejos,
sus felices afectos acreditan.
Esta verdad supuesta [38], ¿la venganza
no está en tu mano? ¿Pues por qué fatigas
tu corazón con tales sentimientos?   235
Muera Fernando, muera quien irrita
a Raquel; y si el Reino se le atreve,
libre de su rigor no quede vida.
Pero sea, Raquel, con disimulo:
no armes con la amenaza la malicia: 240

[34] *su mano*
[35] *aquesta*
[36] *abatida*
[37] *contempla que es indigna / la queja en los altivos corazones, / quando en su arbitrio y su poder estriba / de su ofensa el castigo y escarmiento: / que fuera honrar de Hernando la osadía, / dar muestras de pesar:*
[38] *Cuánta es mi lealtad, cuán acertados / han sido mis consejos, te confirman / mil felices efectos;*

sientan el golpe los que te ofendieren,
primero que el amago de tus iras.
Alfonso cuanto pides te concede:
su corazón, su Cetro y Monarquía [39]
riges a tu albedrío. Pues si tanto   245
te puedes prometer ¿en qué vacilas?
Muera Fernando, el Pueblo, la Nobleza,
y si [40] te ofende, abrásese Castilla.

RAQUEL

Abrásese Castilla y muera Hernando:
sí, Rubén: ¿Mas tan graves demasías   250
no deberán sentirse? [41]

RUBÉN

             No lo niego:
mas deberán [42] hallarte prevenida.
Siempre al favor persiguen enemigos,
que es la privanza madre de la envidia.
Los Ricos Hombres tienes agraviados [43];   255
pues los honores que a ellos se debían,
por tu mano se dan a los Hebreos.
Si los ofendes tú, ¿qué maravilla
es que se quejen ellos? [44] Mas ya el ruido
manifiesta que Alfonso se avecina.   260
Ya llega.

RAQUEL

    Ahora de mi justo enojo
tendré satisfacción: verá García,

---

[39] *Alfonso te concede cuanto pides: / su autoridad, su corazón, su silla*
[40] *aun si*
[41] *sí, Rubén; ¿pero cosa no es precisa / que sienta mis agravios?*
[42] *devieran*
[43] *ofendidos*
[44] *que hablen como quexosos*

si se ofende a Raquel impunemente,
y si es bien temerario quien la irrita.

Salen ALFONSO, MANRIQUE, ÁLVAR FÁÑEZ,
y acompañamiento

ALFONSO

Aplíquese al desorden el [45] remedio, 265
Álvar Fáñez, si [46] da lugar la ira
al discurso.

RAQUEL *(De rodillas)*

Admitid, amado Alfonso,
un [47] alma...

ALFONSO *(Apartándola)*

Raquel, calla: no prosigas:
no cuando el corazón en iras arde,
ahogues las vengazas que fulmina. 270
Segunda Troya [48] al fuego de mi enojo
ha de ser hoy Toledo. ¿Quién creería
tan audaz desacato? [49] ¿Se ha olvidado
Castilla, de que Alfonso la domina?
¿Sabe que aquesta espada, aqueste brazo [50] 275
es segur de la Parca contra vidas
de traidores? y que... Pero, ¿qué dudo?
Lugar no quede, puesto no se omita
sin examen: procúrese [51] el aleve

---

[45] *tumulto algún*
[46] *si por ventura*
[47] *una*
[48] *Troya segunda*
[49] *grave atrevimiento*
[50] *acero*
[51] *inquiérase*

autor de aquella voz tan atrevida,   280
tan indigna de pechos Castellanos:
los cómplices se busquen, que la animan:
que a mi poder protesto, y a los Cielos,
que el grave desacato escandaliza,
que ha de ser mi venganza y su castigo   285
asombro de Toledo, y de Castilla.
Parte tú, Garcerán: Los sediciosos
asegura si puedes, o averigua,
que ha de ver hoy España y todo el orbe [52],
si Alfonso Octavo de quien es se olvida.   290

Manrique

No quedará lugar que no se inquiera
en busca del traidor.

(Vase.)

Álvar Fáñez

      Tan conmovida
está Toledo, que será difícil,
poderla sosegar

Alfonso

      Pues mientras rija
este brazo el acero victorioso,   295
rayo que intentos bárbaros derriba,
tiemble Castilla, España, Europa, el Orbe
de Alfonso la venganza [53].

Raquel

      Sumergida
estoy en confusiones.

---

[52] *mundo*
[53] *la venganza de Alfonso.*

ALFONSO

                Tú, Álvar Fáñez,
sígueme.

RAQUEL *(Deteniéndose)*

          ¿Así, Alfonso, de mi vista [54]   300
sin oírme [55] te apartas? ¿En qué culpa
ha incurrido mi amor? ¿Tú te retiras
de mí, grave y severo? ¿Qué mudanzas
son aquestas, Señor?

ALFONSO

              Nada me digas;
aquesto es ser Alfonso desdichado [56],   305
y Raquel la ocasión de sus desdichas.
(Vase con el acompañamiento.)

RAQUEL

¡Ay de mí! ¿qué he escuchado? [57] Tú, Álvar
explícame este arcano.   [Fáñez,

ÁLVAR FÁÑEZ

            Pues te avisan
que eres tú la ocasión de tantos [58] males,
la respuesta te puedes dar tú misma.   310

RAQUEL *(A Rubén)*

¿Estoy despierta, o sueño por ventura?

---

[54] *vida*
[55] *mirarme*
[56] *desgraciado*
[57] *¿qué es aquesto?*
[58] *aquestos*

RUBÉN

No sé, Raquel: la misma duda agita [59]
mi discurso y razón [60], imaginando
que es cuanto he visto, sueño o fantasía.

RAQUEL

¿Qué especie de dolor tan inhumano   315
es éste, oh [61] corazón, que por primicias
de los males y sustos que me [62] aguardan
me ofrece la tirana suerte mía?
¿Quién de tanto favor se prometiera
tan no esperada, tan mortal caída? [63]   320
¿Y quién hecha, fortuna, a tus halagos
pudiera recelarse tal desdicha?
Alfonso me aborrece: sus desvíos
de mis temores la verdad confirman:
¿pues cómo podrá ser ya venturosa,   325
la que se ve de Alfonso aborrecida?
¡Qué necio quien se fía de la suerte,
sin advertir, que el tiempo y que los días,
que Ciudades destruyen y edificios [64],
favorece y privanzas aniquilan!   330
¿Qué causa puede haber, amado Alfonso,
para tanto desvío? ¿Mis caricias
en qué te han ofendido, que por premio
sólo odio y desagrado se concilian?
mas, ¡ay de mí! que en vano me desvelo   335
en buscar la ocasión de mis fatigas;
pues la suerte que empieza a perseguirme,
por doblarme el dolor, querrá encubrirla.

---

[59] *en esa duda misma.*
[60] *se anega*
[61] *oh*
[62] *penas que te*
[63] *hado inconstante tan fatal caída?*
[64] *que destruyen Ciudades*

Rubén

¿Así, Raquel, tu corazón desmaya
en tan fuerte ocasión, donde [65] es precisa
la constancia mayor? En los principios
si un mal, aunque sea leve, se descuida,
fuerzas del abandono va cobrando [66],
que el remedio después inutilizan.
Reciente es este mal; aún se está a tiempo
de poderle acudir: quien averigua
la causa de un dolor, con más acierto
aplicarle podrá la medicina.
Inquiérase, Raquel, de esta desgracia
la ocasión; que después de conocida,
si no cede a remedios ordinarios,
buscará los extremos mi malicia.

Raquel

Bien, Rubén, me aconsejas: ¿en qué dudas? [67]
al yugo vuelva la cerviz altiva,
segunda vez Alfonso: el fin se logre,
y el medio sea cualquiera, que tú elijas.
Lícito es cuanto sea conveniente:
propria moral de la venganza mía [68].

(Ruido dentro.)

Mas, ¡ay de mí! ¿Qué estrépito confuso
oír se deja? Al alma pronostica
el corazón, latiendo apresurado,
algún cercano mal.

Rubén

Ya más distintas
se perciben las voces: nunca pruebas
mayores dio de sí la cobardía,
que al escuchar rumor tan temeroso.

---

[65] *cuando*
[66] *tomando*
[67] *¿qué recelas?*
[68] Faltan en el manuscrito. Vs. 367-368.

Voz *(Dentro)*

Muera Raquel, para que Alfonso viva[69].

RAQUEL

No es delirio: verdad es la que toco:
¿Y esto sufre mi enojo? ¿Esto mis iras?
Espera, vulgo bárbaro, atrevido,
que si mi sangre a derramar conspiras,   370
verás que a costa de la tuya sabe
defender y guardar Raquel su vida.
Mas ¡ay de mí, infeliz! ¿Adónde corro
sin consejo, oh Rubén? Ya se averiguan
las causas del enojo y del desvío[70]
de Alfonso. ¿Quién lo duda? Hernán García
el Pueblo ha sublevado. ¿Qué Consejo
me das, Rubén?

RUBÉN

    Ceder a la desdicha.
        (Vase.)

RAQUEL

¿Tú también me abandonas?

Sale MANRIQUE

MANRIQUE

    Si procuras[71]
la vida conservar, que aquí peligra,   380
huye, Raquel; en la vecina Torre
de este Alcázar te salva: conmovida

---

[69] RAQUEL.—*Para que viva Alfonso, Raquel muera. / ¡Ay de mí! ¿qué es aquesto? ¿es fantasía / lo que escucho? ¿delirio por ventura?* VOCES.—*Muera Raquel para que Alfonso viva.*
[70] *los desvíos*
[71] *pretendes*

está toda Toledo en daño tuyo;
huye del riesgo, el mal presente evita.

RAQUEL

¡Ay de mí! ¿qué [72] es posible lo que escucho?   385
¿Que hicieses [73] mutación tan repentina,
engañosa deidad, que la que un tiempo
tanto elevaste, así la precipitas?
Mas si es fuerza ceder a la fortuna,
huyamos ya, Raquel: [73 bis] de asilo sirvan   390
hoy a tus desventuras esas torres,
que fueron el teatro de tus dichas.
(Vase.)

MANRIQUE

Ya se fue. El alboroto va creciendo:
pero ya el Rey... [70]

Salen ALFONSO, ÁLVAR FÁÑEZ *y acompañamiento*

ALFONSO *(Apresurado)*

Manrique...? [75]

MANRIQUE

                    ¿Quién podría
persuadirse, Señor, tal desacato?   395
El Pueblo, como el ruido lo publica,
el Alcázar rodea: en grave riesgo
está vuestra persona: [76] la atrevida

---

[72] Falta en el manuscrito.
[73] *hiciste*
[73] bis *oh,*
[74] *y el Rey... pero aquí sale: ¿quién podría*
[75] Falta *Manrique* en el manuscrito.
[76] *tu real decoro*

voz que se oyó en el Templo esta mañana,
el vulgo alborotado abanderiza; 400
y cuando yo pensaba contenerle,
como mandaste, vi que Hernán García
el intento feroz acaudillando,
la acción acaloraba, y en la grita
era el primero a quien se le escuchaba: 405
¡Muera Raquel, para que Alfonso viva!

Alfonso

¿Qué es esto?[77] ¿Pudo Hernando (es increíble)
cometer tan infame bastardía?
¿Hernando, aquel que ha dado tantas pruebas
de su fidelidad, ahora conspira 410
contra mí? ¿Aquel Hernando...?

Manrique

                El disimulo
más culpable, Señor, y más indigna
hace toda traición.

Álvar Fáñez

          No así motejes,
si otra prueba no tienes más precisa,
de Hernando el proceder.

Manrique

                ¿Tú le disculpas? 415

Álvar Fáñez

Yo de un noble jamás alevosías
me persuado, y el crédito suspendo
en caso igual [78] a la evidencia misma.

---

[77] *¿qué he escuchado?*
[78] *a la razón,*

Alfonso

Pues yo por alevoso le declaro:
quien tropas de traidores acaudilla, 420
quien a su Rey se atreve, no merece
otro nombre, otro trato, otra divisa.
Mas si es traidor Hernando, su garganta
el filo probará de mi cuchilla,
contra alientos y espíritus aleves 425
centella de las nubes desprendida.
Hernando muera, mueran los traidores
que me ofenden con él, y... [79]

Sale García

García *(Arrodillándose)*

        Bien fulminas
contra mí esa sentencia. Hernando muera:
en [80] su sangre se embote la hoja limpia
de tu acero; pues siendo en tu desgracia 430
no apetece vivir Hernán García.

Alfonso

¿Cómo, traidor?

García *(Poniéndose en pie)*

        Injustamente, Alfonso,
ese nombre me das; y pues te olvidas
de mi fe y lealtad, que bien debieras [81] 435
tener con tantas pruebas conocidas,
escúchame, y suspende por un breve
momento los enojos que te incitan,
conocerás tu engaño, y la calumnia,
con que a mi honor se atreve infame envidia. 440

---

[79] *que me ofende, la ardiente furia mía / bastará sola a castigar su exceso: / muera el rebelde Hernando.*
[80] *con*
[81] *pudieras*

Alfonso

¿Qué disculpa has de hallar que abonar pueda
tu exceso [82], tu traición y tu osadía?

García

Sabrasla, si me escuchas.

Alfonso

Pues empieza:
aunque por este instante para oírla,
sin olvidar tu ofensa, mis enojos [83],   445
mi indignación y mi furor reprima [84].

García

Esa voz, que de escándalo y desorden
el viento puebla, oh noble Alfonso Octavo,
Monarca de Castilla, quien por siglos
cuente el tiempo feliz de tu Reinado: 450
esa voz, que en el Templo originada
profanó del lugar los fueros santos,
y de la Majestad los privilegios
tan injuriosamente ha vulnerado;
si el fin, si los intentos se examinan [85],   455
y el celo que la anima contemplamos [86],
aliento es del amor más encendido,
voz del afecto más acrisolado [87].
Voz es de tus vasallos, que de serlo
testimonio jamás dieron más claro [88]   460

---

[82] *aleve tu traición y osadía*
[83] *la ofensa de mi enojo*
[84] *los furores, los ímpetus reprima*
[85] *se contemplan*
[86] *examinamos*
[87] *aliento es de los pechos más leales / que vio jamás desde su ardiente carro / Febo, en cuantas regiones ilumina, / en medio de los dos Polos helados:*
[88] *testimonio mayor jamás han dado.*

que cuando más traidores te parecen,
que cuando los estás más infamando.
Éstos, porque tu error se desvanezca,
los mismos son, que en tus primeros años,
cuando para el recobro de tus Reinos [89]   465
Marte armó de valor tu tierno brazo [90],
por tu amor derramaron de sus venas [91]
la hidalga sangre: los que acompañando
el cruzado pendón en Palestina
Rey de Jerusalén te coronaron.   470
Éstos los mismos son que al Luso altivo,
al bravo Aragonés con el Navarro,
fieros usurpadores de tus tierras,
echaron con baldón de tus estados:
los que postrando el leonés orgullo [92]   475
en Palencia y Simancas, desterraron
de Fernando el dominio o [93] tiranía,
que vínculos de sangre pretextando,
se arrogó tu tutela [94], cuando fuiste
pupilo en nombre, en realidad esclavo [95].   480
Aquellos son, cuyas gloriosas armas [96]
de Tolosa en las Navas, y en Alarcos
terror y afrenta tantas veces fueron
de inmensos escuadrones de Africanos [97].
Éstos, Alfonso, son los que te hablan   485
por mi boca: los mismos que postrados
a tus pies el remedio solicitan
de extremos males, de insufribles daños [98].

---

[89] *tu Reino*
[90] *Marte de acero armó*
[91] *causa vertieron*
[92] *del León su*
[93] *y*
[94] *su... convirtiendo*
[95] *el nombre de pupilo en el de esclavo*
[96] Falta *en.*
[97] Falta *de.*
[98] *Estos (a quienes nombre de tus hijos / dar debieras más bien que de Vasallos / pues te aman como a Padre y reverencian / como*

Cuán grandes éstos sean, bien parece
que no hay necesidad de recordarlo, 490
cuando para notarlos y advertirlos,
cada rostro te muestra su retrato.
Repara en tus vasallos: [99] sus semblantes
te pintarán con infelices rasgos
la triste situación en que se hallan 495
sus altivos espíritus gallardos.
Pero ¿cómo han de estar sino marchitos
campos a quienes niega el Sol sus rayos,
jardines que descuida el jardinero [100],
flor que no riega diligente mano? 500
Los campos del imperio de Castilla
del valeroso Alfonso abandonados
sólo espinas producen y venenos,
que ofenden y atosigan sus vasallos.
Raquel... Permite, Alfonso, que la nombre, 505
y si te pareciere desacato
que quejas de Raquel se te repitan
pague mi cuello culpas de mi labio [101].
Raquel (vuelvo a decir) no solamente
el Reino tiraniza Castellano, 510
no sólo de los Ricos Hombres triunfa,
no sólo el Pueblo tiene esclavizado,
no sólo ensalza viles idumeos,
no sólo menoscaba tus erarios,
no sólo con tributos nos aqueja, 515
sino que (lo que es más) de Alfonso Octavo
el alma y los sentidos de tal suerte
domina y avasalla, que postrado

---

a su Protector y Soberano) / por mí, Alfonso, te hablan ya a tus plantas, / como yo, cada cual de ellos postrado / que a su remedio atiendas, te suplican, / del medio del profundo de sus daños. Cfr. versos 485-489.

[99] *en ellos, mira*

[100] *jardines que no riega el jardinero,*

[101] *que quexas de Raquel te en tus Nobles / por todos sea mi muerte el desagravio*

obscuramente yace [102] en su ignominia,
siendo mofa de propios y de extraños. 520
Ya no conquista Alfonso: ya no vence:
ya no es Alfonso Rey: aprisionado
le tiene entre sus brazos [103] una Hebrea;
¿pues cómo ha de ser Rey el que es esclavo?
¿Estos los timbres son de tus victorias? 525
¿Este el fin de tus triunfos y tus lauros?
¿De este modo coronas tus hazañas? [104]
¿Para esto de la fama al metal claro
diste gloriosa voz con tus proezas?
¿Para esto al noble esfuerzo de tu brazo 530
venciste Reyes, conquistaste Imperios?
Sí: para que Raquel atropellando
tus glorias, tus hazañas, tus conquistas,
tus timbres adquiridos y heredados,
oscureciese, Alfonso, tu memoria, 535
deshonrase tu nombre y tu reinado.
Si sólo el fin los hechos califica,
¿qué sirven los principios acertados,

---

[102] *yace infelizmente*

[103] *en viles lazos*

[104] *¿Este logro esperaban tus empresas? / ¿Este premio el esfuerzo de tu brazo? / ¿Para esto conquistaste los Imperios? / ¿Para esto de la fama al metal claro / diste gloriosa voz con tus proezas? / Sí, para que Raquel atropellando / tu gloria, tus victorias, tus hazañas, / tus timbres adquiridos y heredados / obscureciese, Alfonso, tu memoria, / deshonrase tu nombre y tu Reinado. / Los hechos sólo el fin los califica: / ¿Qué importan los principios asentados, / si el fin con desaciertos los destruía? / ¿Qué importa, Alfonso, que en tus tiernos años / llenases con tu nombre el Universo, / si en los presentes ya le van borrando / tus errores? Recuerda, Invicto Alfonso, / de ese sueño infeliz, de ese letargo: / oye de tus vasallos los clamores, / esta nube disipa que los rayos / de tu esplendor ofusca: el torpe vicio / huya también: redime el grande estrago / que va causando en los cristianos pechos / del vil hebreo el peligroso trato. / Esta es la voz de un Pueblo que te adora, / esta la pretensión de tus vasallos; / no disculpar pretendo la osadía, / los medios culpo cuando el fin alabo. / Sin mi noticia el Pueblo se conmueve: / yo lo digo y pudiera confirmarlo, / si mi verdad necesitara apoyos / de algún aleve, que me está escuchando.* Fols. 20r-21r. Cfr. vs. 527-558.

cuando son desaciertos los extremos?
¿Qué importa, Alfonso, que en tus tiernos años   540
llenases con tu nombre todo el orbe,
si es ignominia ya, lo que fue aplauso?
Recuerda pues de tan pesado sueño,
y sacudiendo ese infeliz letargo,
oye de tus vasallos los clamores,   545
si algún sentido perdonó el encanto.
Advierte el deshonor que te resulta
de comercio tan torpe, y los estragos
que va causando en los cristianos pechos
del vil hebreo el peligroso trato.   550
Esta es la voz del pueblo que te adora [105]
de su misma pasión arrebatado.
No disculpar pretendo la osadía;
los medios culpo, cuando el fin alabo.
Sin mi noticia el pueblo se conmueve: 555
yo lo digo, y pudiera confirmarlo,
si mi verdad necesitase pruebas [106],
algún adulador, que está escuchando [107].
Por contener la furia impetuosa
que en mí se compromete, yo me encargo   560
de exponerte las quejas, y motivos [108],
que ocasionan el bárbaro atentado.
Este el suceso ha sido [109], ésta mi culpa:
ni me arrepiento, ni la acción retrato.
Mas si acaso te ofenden estas quejas,   565
y el enojo y pasión te ciegan tanto [110],
que a castigar te incitan por delitos [111]
las pruebas [112] del amor más acendrado,

---

[105] *esta la pretensión de sus vasallos*
[106] *necesitara apoyos*
[107] *de algún aleve que me está escuchando.*
[108] *de hablarte y exponerte los motivos*
[109] *es*
[110] *si el enojo y pasión te ciega tanto*
[111] *te incita por delito*
[112] *la prueba*

esgrime ya los filos de tu acero
contra mi cuello fiel, que está esperando   570
darte de mi lealtad el testimonio
        (Arrodillándose.)

postrero con la sangre confirmado.

          ALFONSO

¡Qué secreta violencia y poderío
encierra la verdad, oh cielo santo,
que cuando van a fulminar mis iras   575
venganzas y castigos; cuando el brazo
va a ejecutar el golpe de su enojo,
queda al oírla inmóvil y pasmado![113]
Mas ¡ay de mí! que tanta fuerza tiene
        (Alzando a García.)

la virtud[114]. Ya su imperio soberano   580
en tus voces, Fernando, reconozco,
y adoro sus preceptos en tus labios.
¿Soy yo Alfonso?[115] ¿Soy Rey? ¿Soy de Castilla
el invicto caudillo, y quien la ha dado
tantas victorias? Ya mi error conozco: 585
ya advierto mi pasión, veo mi engaño,
y ya, ¡oh divina luz!, con tus reflejos
todo el horror descubro de este encanto.
Ya el letargo[116] detesto en que he vivido:
ya, nobles y leales Castellanos,   590
sobre sí vuelve Alfonso a los avisos
que a sus errores vuestro amor ha dado.
Hoy veréis, que si escándalo del Reino

---

[113] *...airado / a ejecutar el golpe va el enojo, / inmóvil al oírla queda el brazo.*

[114] *justicia.* Falta *Ya* en el manuscrito.

[115] *válgame el Cielo, ¡qué es lo que me pasa! / ¿que he podido vivir tan entregado / a este ciego delirio, o laberinto / de mi fama, y mi nombre sepultado / mis conquistas en él y mis hazañas? / Mis glorias, mi poder, mi honor, mis lauros? / ¡Soy yo Alfonso!*

[116] *hechizo*

ha sido su abandono tantos años,
la enmienda que medita a borrar basta 595
del yerro la memoria y el retrato.
Salga Raquel del Reino: los Hebreos
salgan también con ella desterrados;
que ni [116 bis] quiero delicias, ni riquezas,
si en perjuicio han de ser de mis vasallos. 600
Tú, Fernando, del pueblo conmovido
sosiega el alboroto; y tú entre tanto [117],
Álvar Fáñez, dispón, que del destierro
se formalicen el Decreto y Bando.
Triunfe esta vez de sí, quien tantas veces 605
supo triunfar de ejércitos contrarios,
y añada a sus vasallos esta prueba
del amor que les tiene Alfonso Octavo.

GARCÍA *(Arrodillándose)*

Permíteme, que el labio humilde imprima
en tu planta real.

ÁLVAR FÁÑEZ *(Arrodillándose)*

      Deja que dando 610
muestras [118] de gratitud, mi gozo explique.

ALFONSO

No os detengáis; que el pecho atormentado
está en la dilación.

ÁLVAR FÁÑEZ

    Ya te obedezco.
(Vase.)

[116 bis] *no*
[117] *...asegurando, / cuánto su lealtad me satisface, / cuánto estimo su amor; y tú entretanto,*
[118] *muestra*

García

A ejecutar [119], Alfonso, tus mandatos,
parto veloz. A tu benigno imperio   615
erigirá Castilla simulacros.

(Vase.)

Alfonso

¿Qué es esto, Garcerán, que por mí pasa?
Pero ¿qué dudo? Parte [120] apresurado:
busca al punto [121] a Raquel: di, que la espero.

Manrique

Lo haré como mandáis [122].

(Vase.)

Alfonso

¿Tiranos astros,   620
dónde llega el rigor de vuestro influjo? [123]
¿Esta pena, este golpe reservado
me teníais? ¿Alfonso de sus fieles
Castellanos con tanto desacato
requerido? ¿No es éste atrevimiento?   625
No: que la pretensión es justa, y cuando
con razón pide el súbdito no ofende;
que de culpa le absuelve y atentado
lo justo de la instancia. ¿Qué congojas,
qué pasiones y afectos tan contrarios   630
atormentan al alma? ¿Qué es posible
que a su Reino [124] motivo Alfonso ha dado,
para que a su decoro se le atreva? [125]

---

[119] *efectuar*
[120] *corre*
[121] *presto*
[122] *ordenáis*
[123] *vuestras iras*
[124] *Reinos*
[125] *atrevan*

Mas ¡oh cuán neciamente que lo extraño!
¿No se ha olvidado Alfonso de sí mismo?   635
Pues ¿qué mucho es le olviden sus vasallos?[126]
¿Pero Raquel no sirve a mi locura
de disculpa? ¿El dulcísimo milagro
de su veldad...? ¡Oh suerte rigurosa!
¡con cuánta confusión lidio y batallo!   640
¿Pero no soy yo Alfonso? ¿De Castilla
el Monarca no soy? Ceda al sagrado
ser de la Majestad un vil afectado:
las débiles pasiones de lo humano
a la vista del Solio desparezcan: 645
deshaga de mi juicio los nublados
la luz de la razón que ya[127] despierta
del letargo mortal de tantos años;
pero aquí Raquel sale.

Sale RAQUEL

RAQUEL

              En tu presencia
a Raquel tienes ya: del vulgo airado   650
entrégala al furor y la venganza[128];
redime tu peligro con su daño.
¿No me llamas para esto? ¿Esta fineza
no es el premio que tienes preparado
a mi amor? ¿En qué dudas? Raquel muera: 655
muera, pues en amarte, te hace agravio.

ALFONSO

¡Cuánto, hermosa Raquel, mi amor ofendes!
No añadas al dolor que sufro y paso,

---

[126] *pues qué mucho se olviden sus vasallos? / Pero Raquel / ¡Oh amor! ¡Cómo a mi cuello / aprietas, o cruel, el duro lazo!*
[127] *ahora*
[128] *de sus contrarios / entrégala a las iras y furores:*

de tu [129] insulto el rigor y tiranía.
¡Yo darte a ti la muerte! ¡Yo que te amo! 660
¡Que sólo a influjo [130] de tus ojos vivo!
¡Que apetezco la vida sólo, en cuanto
ofrenda puede ser de tu belleza!
¿Tal presumes de mí? ¡Oh cuán contrario
es mi intento, Raquel! Salvar tu vida 665
a costa de la mía, es lo que trato.
El Pueblo (ya lo ves), que Raquel muera,
o salga de Toledo, está clamando.
¡Oh qué extremos, Raquel, tan rigurosos!
¿Quién el medio hallará de conciliarlos? 670
Mi valor y poder no son bastantes
a refrenar [131] su orgullo. Si retardo
cumplir su gusto, a su furor [132] te expongo:
si de mi Alcázar, oh Raquel, te aparto,
cierta es mi muerte. Pues Alfonso muera: 675
muera yo si a Raquel la vida salvo.
Esto ha de ser, Raquel.

Raquel

¿Que [133], en fin, dispones,
apartarme de ti?

Alfonso

El rigor del hado,
mi desgracia pronuncia esta sentencia;
el Pueblo te condena, no mi labio. 680

Raquel

Tropas son de traidores sediciosos [134].

---

[129] *de ese*
[130] *expensas*
[131] *contener*
[132] *rigor*
[133] *¿Que esto*
[134] *alevosos*

Alfonso

Sí; pero prevenidos y arrestados.

Raquel

Pues castiga su loco [135] atrevimiento.

Alfonso

Cuando fuera posible ejecutarlo,
temiera que la mina reventara [136],   685
y causase en tu vida mil estragos.

Raquel

Desecha ese temor: arma tu diestra;
y si acaso el horror te oprime tanto,
que tu antiguo valor inhabilita,
por ti este empeño tomará mi brazo.   690
Pues si enciendo la cólera en mi pecho [137],
si el hierro empuño, si el arnés embrazo,
Semíramis segunda hoy en Toledo
a tus pies postraré cuantos osados,
cuantos rebeldes, cuantos alevosos   695
aliento dan al sedicioso bando.

Alfonso

Detén, Raquel, la planta: [138] no al peligro
así te precipites sin reparo.
Que te ausentes, es fuerza.

Raquel

¿Tú lo mandas?

---

[135] *fiero*
[136] *reventase*
[137] *permite que por ti tome el empeño / y castigue el soberbio desacato: / pues si enciendo de cólera mi brío*
[138] *furia*

ALFONSO

Yo que te adoro, yo, Raquel, lo mando.   700

RAQUEL

¿Tú en fin, para que muera, me destierras?

ALFONSO

Yo, porque pienso, que tu vida guardo,
a morir de esta ausencia, me condeno.

RAQUEL

¿Qué no hay remedio?

ALFONSO

                Yo ninguno alcanzo.

RAQUEL

¿Y cuándo he de partirme?

ALFONSO

                  Luego al punto: 705
pues cuanto más, Raquel, se alargue el plazo,
corres mayor peligro. ¡Cuántas ansias
siente mi corazón, al pronunciarlo!
Adiós, Raquel.

RAQUEL *(Deteniéndole)*

            ¿Que en fin así [139] me dejas?
¿El cariño, Señor, de tantos años,   710
de tanto [140] amor las prendas no te mueven?
¿Mi desconsuelo, mi dolor, mi llanto
desatiendes así?

---

[139] Falta en el manuscrito.
[140] *aqueste*

Alfonso

¡Suerte enemiga,
a qué ocasión tan fuerte me has guiado! [141]

Raquel

¿Qué resuelves en fin?

Alfonso

                Que partas luego.   715
Mas ¡ay de mí!, que aqueste duro fallo
contiene la sentencia de mi muerte [142].
¿Pero en qué me detengo? ¿En qué reparo?
Huya Raquel a conservar su vida,
mientras queda a morir Alfonso Octavo.   720
                (Vase.)

Raquel

Pues ya, Alfonso, que ingrato me abadonas,
desatento, cruel y temerario,
si me has amado, si en tu aleve pecho
de aquel volcán amante queda rastro,
permita el Cielo que estas cosas mira,   725
y está tu ingratitud considerando,
pases por el dolor de verme muerta
al acero cruel de tus vasallos:
que queriendo vengar estas ofensas,
no logre tu rigor ejecutarlo;   730
que mi sombra interrumpa tu reposo,
y que en pesar continuo y largo llanto
llores la desventura, ingrato Alfonso,
que Raquel, por amarte, está esperando [143]

---

[141] *sin duda he de morir a golpe tanto*
[142] *la sentencia contiene*
[143] *que no puedas vengar tan grave ofensa / y que en pesar continuo y largo llanto / sientas la desventura, ingrato Alfonso, / que Raquel por amarte está pasando.*

Jornada segunda

Salen Raquel *y* Rubén

Rubén

¿Cómo en inútil llanto el tiempo pierdes,   735
engañada Raquel? ¿Así remedias
la ruina y eversión del Pueblo Hebreo?
¿Así, Raquel, redimes las miserias
de tu infeliz Nación? ¿Así el injusto [144]
bando revocas? ¿De esta suerte [145] piensas   740
volver a tu perdido valimiento?
¿De tantos infelices las querellas,
que cifran en tu influjo sus alivios,
atiendes de este modo? [146] El llanto deja:
deja inútiles quejas y sollozos   745
a mejor ocasión, y considera,
que el general destierro, que esperamos,
atemoriza a todos, y consterna.
El pacífico hogar, el quieto albergue
edificados por las manos nuestras,   750
quedarán de su dueño abandonados
a injusto poseedor; y las riquezas,
que acumuló la industria y la fatiga,
apagarán su avara sed apenas.
Considéranos ya, que fugitivos   755

---
[144] *infausto*
[145] *este modo*
[146] *que libra en tu influjo los alivios atiendes de esta suerte.*

peregrinamos apartadas tierras [147],
y entre bárbaros dueños arrastramos
del cuello esclavo la servil cadena.
Ancianos, niños, jóvenes, mujeres,
de la suerte, que aguardan, se lamentan, 760
y el triste sollozar del Idumeo
música es, que al Castellano alegra.
Reprime, pues, el llanto; y si pretendes
templar con él lo acerbo [148] de tus penas,
resérvale a ocasión más oportuna. 765
Del indignado [149] Alfonso en la presencia
las perlas, que aquí viertes [150] sin provecho,
de nuestra libertad rescate sean.

RAQUEL

No, Rubén, con tan frívola esperanza
aumentes mi dolor: deja a mi pena, 770
que goce del alivio, que la suerte
por único recurso la reserva.
Nuevos tiempos, Rubén, nuevas fortunas [151]
corren ya aquí. Mis lágrimas, que fueran
bastantes otro tiempo a dar al mundo 775
sentimiento y dolor, ya se desprecian:
ya en vez de compasión iras concitan.
Cuando Alfonso otra vez sólo por ellas
la guerra declarara al Universo,
del Tajo undoso la dorada vena 780

---

[147] *la situación infausta considera / del miserable Hebreo, y que Toledo / es ya otra Babilonia, a la violencia / del general destierro rigoroso, / que atemoriza a todos y consterna. / Los campos que el sudor del Israelita / volvió feraces con fatiga inmensa, / quedarán de su dueño abandonados; / la roja mies que por la maña nuestra / cultivada enriquece las campiñas, / habrá de henchir, Raquel, trojes ajenos / en tanto que nosotros desterrados.* Fols. 28v-28r. Cfr. versículos 746-757.

[148] *con él el desahogo*
[149] *irritado*
[150] *derramar*
[151] *nuevos estilos*

retroceder hiciera hacia su origen,
la noche en claro día convirtiera,
tanto en tan breve tiempo se ha mudado,
tan otro está, que juzgo se deleita
en verlas derramar. Prueba costosa,   785
¡ay, memoria infeliz! cruda experiencia
vienen de hacer, Rubén, las ansias mías [152]
de lo poco que puedo, y valen ellas.
En medio de mis lágrimas amargas,
Alfonso, el mismo Alfonso, me condena: 790
de su boca, Rubén, sé mi destierro,
he escuchado yo misma [153] la sentencia:
de sí Alfonso me aparta riguroso.
Mira, si es bien, que de su mal se duela,
o que admita esperanzas [154] de consuelo,   795
quien tan contraria suerte experimenta.

Rubén

No tan contraria es, como imaginas.
Los males cuando a ser extremos llegan,
como pasar no pueden de aquel punto,
que empiecen a ceder, Raquel, es fuerza.   800
Ya el desaire mayor has tolerado:
Ya no hay (créeme Raquel) cosa que temas:
Ya Alfonso arrepentido por ventura,
medios inquiere de [155] templar tus quejas.
Sólo de Rey respetos le contienen: 805
y si éstos le obligaron a que hiciera
contra tu amor esfuerzos tan violentos,
no dudes, que en su pecho las centellas,
que apagar pretendió un temor en vano,
libre ya de él con más furor se enciendan.   810
Hondas raíces el amor ha echado

---

[152] *que hacer acaban las congojas mías*
[153] *yo misma yo he escuchado*
[154] *esperanza*
[155] *por*

en el alma de Alfonso: no se quiebran
cadenas, que labraron tantos días,
Raquel, tan fácilmente como piensas,
no se puede borrar tan brevemente   815
la estampa, que en el pecho dejó impresa
pasión tan generosa; pues no bastan
sustos, temores, sobresaltos, penas,
disgustos, amenazas, desventuras,
ni cuantos males la naturaleza   820
por mayorazgo repartió a los hombres,
a retraer a quien amó de veras.
En ti la prueba tienes. Si del mundo
el dominio absoluto te ofrecieran:
si cuantas perlas el Oriente envía [156],   825
cuanto oro Arabia tiene, el Catay sedas,
púrpuras Tyro, olores el Sabeo,
el Turco alfombras, el Persiano telas,
cuanto tesoro encierra en sus abismos
el hondo mar, y cuanta plata cuentan,   830
sudaron los famosos Pireneos,
cuando Vulcano liquidó sus venas:
Si todo esto, Raquel, porque de Alfonso [157]
el amor desdeñases, te ofrecieran,
¿te movería acaso?, ¿le dejaras?,   835
¿pudieras olvidarle? Pues si encuentras
ese imposible en ti: ¿cómo presumes,
que Alfonso, cuya amante pasión ciega
ejemplo singular ha sido al orbe,
olvidarse de sí tan breve pueda?   840
Delirio es de tu amor tal pensamiento:
recobra la esperanza, y aprovecha,
si quieres remediar el mal presente,
Raquel, el corto tiempo que te queda.

---

[156] *cría*
[157] *si todo se te diera porque Alfonso / y su amor olvidases lo admitieras?*

Raquel

¿Pues puedo prometerme algún remedio 845
a tan extremo mal?

Rubén

                La diligencia
madre es de la ventura.

Raquel

                    Y la que tiene
del rigor de su suerte tantas pruebas,
¿no será necia, en esperar venturas?[158]

Rubén

Necedad es mayor, creer, que deba 850
favorecer la suerte al negligente.

Raquel

Cuando remedio ya ninguno queda,
¿no es prudencia ceder a la desgracia?[159]

Rubén

Pero ninguno llamará prudencia
persuadirse, que son irremediables 855
los males de la vida. No hay adversa
fortuna que la industria no deshaga,
o modere a lo menos.

Raquel

                ¿Pues se encuentra
alguna que remedie tan gran daño?

---

[158] *ventura*
[159] *fortuna?*

Rubén

Sí, Raquel, si a mi arbitrio te sujetas. 860

Raquel

¡Ay, Rubén!, mi esperanza a nueva vida
con tu discurso has vuelto. Ya se ahuyentan
con tus consejos sabios mis recelos,
mi temor con tus graves advertencias [160].
Dispón, Rubén: Raquel obedecerte 865
sólo sabrá.

Rubén

Pues si a mi arbitrio dejas
de esta acción el gobierno, nada dudes;
cuenta como lograda ya la empresa.
Alfonso compelido del respeto
de sus vasallos hace resistencia 870
a su amor, y en su cuarto retirado [161]
finge desvíos, desamor afecta.
Pero yo sé, Raquel, que interiormente
por verte muere, por hablarte anhela,
y que hasta conseguir desenojarte, 875
juzga las breves horas por eternas.
Batalla con afectos diferentes
el corazón del hombre; mas si llega
a tomar el amor en él partido,
por él el campo y la victoria quedan. 880
Esto supuesto, Alfonso ha de buscarte:
y si hiciere a su amor tan grave fuerza,
que el impulso quebrante de su afecto,
supla esta falta nuestra diligencia.

---

[160] *¡Ay, Rubén, cómo has dado nueva vida a mis muertas esperanzas!, ya se alegran / con tus sabios discursos mis temores: / ya se disipa la confusa niebla, / que antes mi entendimiento obscurecía / con tus graves razones y advertencias: / dispón...*

[161] *retraído*

Necesario es [162], que a Alfonso te presentes, 885
antes que se efectúe nuestra [163] ausencia;
que de esto sólo pende la esperanza,
y en esto el logro de ella se interesa: [164]
pues si vuelve otra vez a verte Alfonso,
difícil es que a abadonarte vuelva. 890
Resuélvete: y en tanto tus pesares
a cuantos [165] de ellos informarle puedan,
ostenta, y exagera astutamente.
Haz, Raquel, aparato de tus penas:
lean todos tu enojo [166] en tu semblante: 895
tu dolor todos en tus ojos vean.
Esto conviene.

Raquel

Pues si así conviene,
y ves, Rubén, dispuesta mi obediencia,
hasta que llegue el lance que meditas,
los aires henchiré con mis querellas, 900
molestaré la tierra con mis voces,
y aun sembraré en los cielos mis endechas [167].
(Vase.)

Rubén

Sí, Raquel: Que si ayuda la fortuna
mis prevenciones, o he de hacer que vuelvas
a ser segunda vez dueño de Alfonso, 905
o he de perder la vida en esta empresa.
Mas ¡ay de mí! que aunque me aliento en vano,

---

[162] *Fuerza es, Raquel,*
[163] *aquesta*
[164] *de esto depende todo nuestro alivio / y en esto todo el logro se interesa:*
[165] *con cuantos*
[166] *agravio*
[167] *haré mi cuarto de mi llanto esfera, / donde la muerte acabe mis tormentos, / o más feliz fortuna mis querellas.*

lucho con mil recelos y sospechas,
y de un trágico fin o desventura
el justo horror de confusión me llena.   910
Que lidiar contra un vulgo alborotado,
oponerse al poder de la Nobleza,
y mantener una privanza injusta,
¿quién sino un despechado lo emprendiera?
¿Pero qué importa aventurar la vida?   915
Aventúrese todo, Raquel tenga
segunda vez de Alfonso el albedrío;
que si esto se consigue, ya te queda
Rubén, abierto campo a tus venganzas.
Muera Hernando, Álvar Fáñez también muera,   920
y cuantos Ricos Hombres en Castilla
contraponerse a mis intentos puedan.
Yo haré que en recompensa de su agravio [168]
pida Raquel a Alfonso sus cabezas,
y que reos de Estado por mi industria,   925
les dé amor vengativo la sentencia.
¿Mas dónde Garcerán apresurado
así corre? Perpetuas [169] compañeras
son de la iniquidad las inquietudes:
siempre el malvado lidia con sospechas [170].   930

Sale MANRIQUE

MANRIQUE

Rubén, ¿has visto al Rey?

RUBÉN

En su retrete,
según acabo de informarme, queda.
¿Mas qué motivo así te precipita?

---

[168] *enojo*
[169] *continuas*
[170] *temores, sobresaltos y sospechas*

Manrique

El ganar las albricias de la nueva,
de que ya está Toledo sosegada;   935
y el que antes era todo turbulencias,
ya es teatro de aplausos.

Rubén

                ¿Pues qué causa
pudo mover pasiones tan opuestas?

Manrique

El haber [171] ofrecido Hernán García
de Raquel el destierro, y tu cabeza.   940

Rubén

¿Mi cabeza, Manrique?

Manrique

                No lo dudes.

Rubén

¿Qué dices?

Manrique

            Que a ti el pueblo te condena.

Rubén

A mí, ¿por qué razón?

Manrique

            Porque a tu influjo
de Raquel atribuyen las violencias:

---

[171] *Haberles*

su rigor, su codicia, sus audacias [172]   945
obras de tu enseñanza consideran,
y el encanto y prisión de Alfonso Octavo
lecciones aprendidas en tu escuela.

Rubén

¡Yo, Manrique...! Si el Cielo...

Manrique

Esas [173] disculpas,
con quien pueda estimarlas, aprovecha.   950
Duéleme tu desgracia; mas no alcanzo
a remediarla; así no me detengas,
pues yo sirvo a mi Rey. Sólo un consejo
darte podré de mi amistad por prueba;
y es que en las desventuras declaradas   955
oponerse a la suerte, es imprudencia.
(Vase.)

Rubén

¡Oh Cortes, oh Palacios, centro infame
de engaños, falsedades y cautelas!
¡Cuán a mi costa llego a conoceros!
Si éste, que debe toda su opulencia,   960
su valimiento y auge a mis influjos [174],
así me corresponde, ¡cuánto yerra
quien de áulicos confía en esperanzas,
quien cree cortesanas apariencias!
¿Mas cómo en reflexiones importunas   965
malogro el tiempo? El Pueblo mi cabeza
está pidiendo; yo la causa he dado:
el riesgo es conocido, y está cerca.
¿Qué arbitrio me darás, ingenio mío,

---

[172] *sus audacias, su codicia*
[173] *Las*
[174] *oficios*

para librarme de ocasión tan recia? 970
Mas ¡ay de mí!, que el Cielo acaso quiere
dar a mi iniquidad la justa pena,
y cansado tal vez de tolerarla,
pretende hacer de su justicia muestra.
Escarmienten los malos en mi daño [175], 975
y en mi desdicha la impiedad [176] aprenda,
que no siempre se peca impunemente;
y que si acaso el Santo Cielo deja
correr tras de sus vicios los mortales,
es por darles lugar para la enmienda, 980
y que su tolerancia justifique
en medio de las iras su clemencia.
Pero del Rey las Guardias se descubren.
¿Qué es esto? [177] Triste corazón, alienta;
que pues Alfonso, al público se ofrece [178], 985
aún queda a mis astucias franca puerta.
Venga, Raquel: renueve su hermosura
la antigua llaga, que a cerrarse empieza,
y Fénix hoy amor entre cenizas
nuevo ser, nueva vida a cobrar vuelva. 990

Sale la GUARDIA

GUARDIA

Despejad.

RUBÉN

Ya en el campo de batalla
tienes al enemigo. Última prueba
ésta es de tu poder, astucia mía [179].

---

[175] *ejemplo*
[176] *maldad*
[177] *¿Qué dudo?*
[178] *al trato se permite*
[179] *es ésta de tu astucia, ingenio mío.*

Refuerza, amor, tus vencedoras flechas [180]
a favor de Raquel, porque en Toledo   995
se tremole hoy triunfante tu bandera.

(Vase.)

Salen ALFONSO *y* MANRIQUE

ALFONSO *(A la Guardia)*

Retiraos.

(A Manrique.)
¿Qué, en fin ya se ha aplacado
el furor de la Plebe?

MANRIQUE

La presencia
de Hernando refrenó sus osadías [181];
que sólo su valor las contuviera.   1000
Y porque más afianzada quede [182]
la pública quietud, las cien banderas,
y los dos mil jinetes destinados
y prontos a marchar ya sobre Cuenca,
del Campo de la Sagra en que se alojan,   1005
sobre Toledo vuelven; y la fuerza
ocupada, Señor, de San Cervantes
con el nuevo presidio, ya no queda
motivo de temer; por más que intente
segunda novedad la Plebe inquieta.   1010

ALFONSO

¡Oh suerte miserable de los Reyes,
cuán vanamente el fausto os lisonjea,
si juzgáis [183], os exime de cuidados

---

[180] *fuerzas*
[181] *No sé si fue respeto o fue cautela.*
[182] No constan en el manuscrito. Vs. 1000-1010.
[183] *si pensáis*

el poder, la corona y la opulencia!
¡Oh nombre ciegamente apetecido! 1015
¡Oh títulos pomposos de grandeza,
sólo sonido [184], vanidad y viento!
¿Quién, que os conozca, habrá que os apetezca?
¿Pues qué sirve el poder en los Monarcas,
si siempre el Rey en sus acciones queda 1020
sujeto a la censura del vasallo,
que injusto [185] las abona o las reprueba?
¿Qué sirve la Corona, si su engaste
es de la voluntad fuerte cadena,
prisión equivocada con imperio, 1025
y esclavitud llamada independencia?
¿Para qué es la opulencia, si los graves [186]
cuidados, que a los Reyes nos rodean,
tiranizan el gusto de gozarla,
ocupándole siempre en extenderla? [187] 1030
¡Oh fortuna envidiable del villano,
contento en la humildad de su bajeza,
y libre de los sustos y desvelos,
que de continuo al poderoso cercan!
¡Oh mesa venturosa, que guarnece 1035
grosero plato de paterna herencia,
que convierte en sabroso y delicado
aquel placer, que a tu contorno vuela!
Pajiza habitación de la alegría,
a cuyo umbral humilde nunca llega 1040
ni de la envidia el tiro venenoso,
ni el ímpetu cruel de la soberbia¡
¡Cuánta ventaja hacéis a los altivos
Alcázares Reales, que aposentan
por huéspedes perpetuos de sus techos 1045
desvelos, sinsabores y sospechas! [188]

---

[184] *sonido sólo*
[185] *infausto*
[186] *grandes*
[187] *sólo en entenderla?*
[188] *envidias, sinsabores y cautelas!*

¡Cuán libremente sus deseos goza
el simple labrador, cuya pobreza
ni excita emulación en sus iguales,
ni en los más poderosos competencia! 1050
Si al pellico y [189] cayado el Cetro de oro,
la Púrpura Real trocar pudiera,
¡cuán ventajoso el cambio juzgaría!
¡Con cuánta libertad en las florestas
del amor solamente frecuentadas 1055
gozara tu hermosura, Raquel bella!
Nunca de estado la razón tirana
tanto bien, tanta gloria [190] me impidiera.
¡Oh suerte! ¡Oh condición! ¡Oh Reino, cuanto
me debéis, si a Raquel por causa vuestra 1060
de mí separo! ¿Pero qué pronuncio?
¿Podrás, Alfonso, tú, vivir sin ella?
No: que mi vida pende de sus ojos.
No: que en su [191] pecho mi alma se aposenta
Mas la razón, el Reino, mis vasallos, 1065
mi honor, su misma vida, las estrellas,
todo influye en su ausencia. ¡Suerte injusta! [192]
¡Oh cruel dolor! [193] ¡Oh bárbara violencia!

Manrique

No deis lugar, Señor, a reflexiones,
que aumentan vuestro mal y vuestra pena. 1070

Alfonso

Deja, Manrique, que mi mal me aflija;
deja, que mis dolores cobren fuerzas;
deja, que mi pasión me martirice.

---

[189] *el*
[190] *dicha*
[191] *mi*
[192] *infausta*
[193] *¡Oh crueldad!*

Manrique

Mirad, Señor, que vuestra vida...

Alfonso

                      Deja,
que avivando el dolor y sentimiento   1075
el fuego que en mi pecho se alimenta [194],
en las aras de amor mi triste vida
ofrenda noble y holocausto sea.
Porque vea Raquel, que si ha podido
el cuerpo separar la suerte adversa,   1080
el alma no; que libre de embarazos
a Raquel [195] volará como a su esfera.
¡Oh días miserables, de horror llenos,
llenos de lutos, llenos de tristezas,
los que sin ti, Raquel, ya me amenazan!   1085
¡Oh eternas noches, de dolores llenas,
aquellas, que tu ausencia lamentando,
pasaré en largo llanto y mudas quejas!
Garcerán, si el amor que me has debido,
quieres pagar; con sola [196] una fineza   1090
saldrás de obligaciones. Con tu acero,
abre este pecho, rómpeme las [197] venas;
mi espíritu desata de estos lazos;
dame, dame la muerte: no suspendan
la ejecución respetos de vasallo: 1095
piedad será esta vez, lo que otra [198] fuera
el delito mayor, pues se redimen [199]
con sólo mi [200] mal inmensidad de penas.

---

[194] *fomenta*
[195] *ella*
[196] *sólo*
[197] *rompe aquestas*
[198] *otras*
[199] *redime*
[200] *un*

Manrique

No así ofendáis [201], Señor, mi amor y celo
con proponerme acciones tan violentas,   1100
tan fuera de razón y desusadas.
Volved en vos: desvaneced ideas
que os [202] turban la razón y los sentidos:
conservad vuestra vida; ved que en ella
se cifra el bien de todo vuestro Reino.   1105
Y si el amor, si la pasión os ciega [203]
tanto, que a riesgo ponga vuestra vida,
porque ésta se conserve, todo ceda;
todo ceda, Señor, a vuestro gusto.
¿Pensáis, que puede haber, quien no   1110
                prefiera [204]
tanto bien a cualquiera otro respeto?
Yo os lo afirmo, Señor: todos desean
que viváis a Castilla largos siglos.
Además de que ya las tropas cerca
de Toledo, y la Plebe sorprendida,   1115
no queda que temer. Y antes debiera
de Raquel el destierro revocarse
en obsequio, Señor, de vuestra regia
autoridad, que queda desairada
de otro modo [205].

Alfonso

        ¡Qué en vano me aconsejas!   1120
En vano tu lealtad, tu amor y celo,
quiere templar lo acerbo de mis penas.
¡Cómo! ¿Podré olvidar de mis vasallos
la justa pretensión? ¿Bien visto fuera [206],

---

[201] *ofendas*
[202] *os* falta en el manuscrito.
[203] *fuerza*
[204] *¿Qué no habrá Castellano que prefiera*
[205] Faltan en el manuscrito.
[206] *Ay, Garcerán, en vano me aconsejas: / ¿qué podré yo olvidar de mis vasallos / la justa pretensión? ¿Bien visto fuera,*

que cuando ellos por mí se sacrifican, 1125
de lealtad siendo ejemplo, y de fineza,
como dices, yo correspondiese
a tan noble fe, abusando de ella?
No, Garcerán: los Cielos no permitan
que yo amancille con acción tan fea 1130
la historia de mi vida desdichada.
Y pues remedio ya ninguno queda,
acábame, ¡oh dolor! Dame la muerte,
serás piadoso aquesta vez siquiera.

Manrique

Apartad ya, Señor, el pensamiento 1135
de tan tristes objetos.

Alfonso

               Mal penetras
del mal, que me fatiga y acongoja,
el rigor, la cruel naturaleza.
Si el enfermo, que siente lastimada
una parte del cuerpo, aunque no sea 1140
de las más principales, no es posible,
que el pensamiento de su mal divierta;
quien tiene como yo llagada el alma
de herida tan antigua y tan acerba,
¿cómo podrá, Manrique, distraerse 1145
insensible al dolor, que le atormenta?

Manrique

Mirad, que llega gente.

Sale un Guarida .

Guardia

               Para hablaros,
espera, que la deis, Señor, licencia
Raquel.

Alfonso

¿Qué es lo que escucho? Fuerte lance
me preparas, fortuna; cruda guerra   1150
vas a moverme, amor, en este encuentro.
Pero ¿qué riesgo hay ya, cuando no queda
a la revocación arbitrio alguno?
¿Y no será crueldad, que cuando llega
Raquel a suplicar a Alfonso Octavo,   1155
ni aun admitirla a su presencia quiera?
¿Qué dudo, pues? Decid que Raquel llegue [207].
           (Vase el Guardia.)

Manrique

Ya con Rubén, Señor, aquí se acerca [208].
           (Vase.)

Salen Raquel, Rubén, *y acompañamiento de Judías*

Raquel *(De rodillas)*

Si presumís, Señor, que a vuestras plantas
segunda vez me trae aquel designio   1160
de que anuléis el rígido Decreto
de mi ausencia o mi muerte, que es lo mismo...

Alfonso *(Alzando a Raquel)*

¡Ay de mí [209] Alzad del suelo: ¡Raquel, llora!
¡Mucho de ti recelo, valor mío!

---

[207] *¿Qué es lo que oigo? fuerte trance / me preparas, fortuna: dura guerra / vas, amor, a moverme: gran peligro / te espera, Alfonso, pero más prudencia / no sería evitar aqueste encuentro? / Pero qué riesgo hay ya, cuando no queda / a la revocación algún arbitrio? / y no fuera crueldad, que cuando llega*

[208] *Ya, Señor, con Rubén aquí se acerca.*
Alfonso.—*Pues retiraros para que más libre / respuesta pueda dar a sus querellas.*

[209] *¡Ay, Dios!*

Proseguid, pues. ¿Qué es esto, duros 1165
¿Qué os detenéis?   [astros?

RAQUEL

          Oíd, que ya prosigo.
Si presumís, Alfonso, que este [210] llanto,
si pensáis que estos débiles suspiros,
prendas en otro tiempo inestimables,
cuando suerte mejor, y el cielo quiso; 1170
vienen acaso, a ser intercesores [211]
entre vuestro rigor y mi delito,
(si haber correspondido a vuestro afecto,
merecer puede nombre tan indigno)
no lo temáis. Mi llanto y mis sollozos 1175
sólo son expresión de mi martirio,
vapores, que a los ojos ha exhalado [212]
la amante llama, que en mi pecho abrigo.
Con muy contrario intento a vuestra vista
vuelvo, Señor: pues si antes he pedido, 1180
suspendierais [213] el orden de mi ausencia,
llevada de mi amante desvarío;
ya con mejor acuerdo sólo trato
de cumplir vuestro gusto, y sólo aspiro
a dar la última prueba en mi obediencia 1185
del amor, con que siempre os he servido.
Bien sé que obedecer vuestro mandato
la vida ha de costarme, cuando miro,
que no puedan cortarse a menos riesgo
lazos, que tanto amor y tiempo ha unido. 1190
Mas si en esto, Señor, de mi fineza
los subidos quilates acredito,
dulces serán los últimos tormentos,
si han de manifestar, cuánto os estimo.

---

[210] *aqueste*
[211] *vienen a ser acaso intercesores*
[212] *y vapores que exhalaron los ojos*
[213] *... si antes ha pedido suspensiones...*

Males no habrá, de cuantos me propone 1195
la triste idea del destierro mío,
que no les dé accidentes de deleite,
el ser por vuestra causa padecidos.
La dura soledad [214], que me amenaza
en la mortal ausencia, que medito, 1200
será recreación del pensamiento,
al contemplar sois vos quien la ha querido.
El cansancio, Señor, la grave angustia
de mi espíritu vago y peregrino,
trocará las congojas en descanso, 1205
y hará de la fatiga misma alivio:
y los insultos, a que quedo expuesta,
del feroz vulgo adularán mi oído,
viendo que aborrecerme así les mueve
de su Rey el afecto y el cariño. 1210
Esto supuesto, y que es inexcusable,
ausentarme de vos, pues mi peligro,
la voz del Pueblo, su quietud, los Cielos
lo tienen decretado, y convenido;
si algún mérito tiene, amado Alfonso, 1215
tan constante pasión, amor tan fino,
de tantos años la correspondencia,
la noble emulación, con que habéis visto,
mi ternura [215], y la vuestra competirse,
votos con tal desgracia repetidos, 1220
tantas promesas de mi mal frustradas,
con que no pienso ya reconveniros,
pues me tiene tomados mi desdicha
de cualquiera esperanza los caminos;
en recompensa sólo una fineza 1225
me atrevo a suplicaros y pediros [216],
cuyo derecho no podrá usurparme
el rigor de esta ausencia o exterminio.

---

[214] *esclavitud,*
[215] *terneza,*
[216] *y a pediros*

Esta es, Alfonso, que, pues no es posible
apagar esta llama, que respiro, 1230
de mi pecho arrancar vuestro retrato,
ni de mi pensamiento este delirio,
os deba esta infeliz, que así os adora,
un recuerdo tal vez, que fuisteis mío,
que en los años dichosos, que me amasteis, 1235
y yo fui vuestra, pudo el amor mismo
ternezas aprender de mis afectos
que siempre el mío fue vuestro albedrío,
y finalmente que por adoraros,
ausente, triste y desterrada vivo. 1240
Esto, Señor, mis lágrimas pretenden:
Este el intento es, que me ha traído,
a causaros molestias [217] con mi vista,
y esto lo que por último os suplico.
Esto hará mis tormentos menos graves [218], 1245
mis males menos duros y prolijos,
y aborrecible menos este aliento,
mientras la Parca [219] tuerza el vital hilo.
Y pues instan, Señor, inconvenientes,
temores, sobresaltos y peligros 1250
a que me ausente, ¡ay Dios, cuántos ahogos
el espíritu siente al proferirlo!
dadme [220], Señor, licencia; y este llanto
                (*Arrodillándose.*)
última ofrenda, que a mi amor dedico,
os quede por seguro, que ni el tiempo, 1255
destierro, ausencia, penas ni martirios,
recelos, amenazas ni desastres,
ni de la muerte el riguroso filo [221]
serán bastantes, a borrar del [222] pecho,

---

[217] *molestia*
[218] *Esto sólo hará suaves mis tormentos*
[219] *Lachesis*
[220] *dame*
[221] *ni de la Parca el riguroso brío*
[222] *de*

de tanta fe depósito y archivo, 1260
la imagen vuestra que por tantos años
labró el amor, el trato y el destino [223].

ALFONSO

¿Qué es esto, Sacros Cielos? ¿Qué centella,
qué extraordinario ardor no conocido [224]
a mi pecho ha inspirado, Raquel mía, 1265
tu llanto y tu dolor? ¿Cuándo se ha visto
sino en mi daño tan extraño ejemplo,
fenómeno tan raro y peregrino?
Alza, Raquel, del suelo; de tu llanto
suspende los raudales; no abatido 1270
tengas el Cielo, de quien eres copia.
No desperdicies los tesoros ricos
de tus preciosas lágrimas; recoge
al lastimado pecho los suspiros.
Deja el llanto y dolor, deja la pena 1275
a este infeliz, a quien el hado impío [225]
maltrata con rigor tan importuno.
A mí, a quien el perderte es ya preciso,
y muriendo vivir en esta ausencia,
corresponde, Raquel, este ejercicio. 1280
Segura partir puedes, de que en cuanto
este espíritu rija el condolido
cuerpo, que tantos males debilitan;
su alimento será y manjar continuo
llanto y dolor, pesar y sentimiento. 1285
¡Mas, ay de mí infeliz! ¿Qué he proferido?
¿Yo, que Raquel se ausente, pensar puedo? [226]
¿Yo puedo proponerlo y consentirlo?
¿Yo, que aliento al influjo de su vista?

---

[223] *labraron celo, amor, trato y destino*
[224] *amor y más activo*
[225] *esquivo*
[226] *Tú ausentarte de mí? ¿Cómo es posible? / ¿Qué es esto que me pasa? / Yo deliro:*

¿Yo, que en fe de que me ama, sólo animo?   1290
No es posible, si el Cielo lo consienta.
Raquel, no has [227] de partir; antes el hilo
se corte de mi vida.

RAQUEL

¿Qué he escuchado?
¿Qué pronunciáis, Señor? ¿No sois vos mismo   1295
quien ha determinado mi destierro?

ALFONSO

Fue atentado, fue error, fue desvarío.

RAQUEL

¿Pues vos no me intimasteis la sentencia?

ALFONSO

No lo puedo negar: temor lo hizo.

RAQUEL

¿No os mostrasteis de piedra a mis razones?

ALFONSO

O no era yo, o estaba sin sentido.   1300

RAQUEL

¿No sois vos mismo quien me aconsejaba?
¿No sois aquel que astutamente fino
me pintaba los riesgos?

ALFONSO

Verdad dices:
tenlo por sueño, tenlo por delirio.

---

[227] *ha*

Raquel

¿No despreciasteis mis reconvenciones? 1305
¿No os vi sordo a mis llantos y gemidos?[228]
¿Por fin de mí no huisteis?

Alfonso

                    ¿Qué más quieres,
Raquel, si te confieso mi delito?
Sírvame este rubor, esta vergüenza,
que paso al confesarlo, de castigo. 1310
Errores son, que debes disculparlos,
pues tuvieron, de amarte su principio.
Yo te amaba, Raquel; yo te apartaba
de mis ojos; contempla mi martirio.

Raquel

¡Con qué facilidad un pecho amante, 1315
si está tan empeñado como el mío,
admite las disculpas que desea,
y aun tal vez disimula su[229] artificio!
Mas cuando yo os conceda que forzado
obrasteis, y que sólo mi peligro 1320
os turbó la razón, ¿es por ventura
menor el riesgo ya? ¿Los conmovidos
corazones están más aquietados?
¿Se han disipado ya mis enemigos?
¿Clama menos el Pueblo? ¿La Nobleza 1325
pondrá a sus quejas[230] término? ¿Vos mismo,
a quien ya los temores vencer saben,
me dais seguridad de reprimirlos?
¿Queréis que expuesta quede a una violencia,
del vulgo fiero al bárbaro capricho? 1330
¿De un soberbio al insulto? ¿Quién me ama,

---

[228] *mi llanto y mis gemidos?*
[229] *el*
[230] *su queja*

podrá esto tolerar? ¿Qué poderío,
qué autoridad, qué auxilio me asegura [231]
de tantos riesgos? Si es que os he debido
algún amor, Alfonso, no mi vida   1335
expongáis de esta suerte; y pues preciso
es que me ausente, adiós, amado Alfonso,
    (Llorando, y en ademán de irse.)
adiós, y el Cielo...

ALFONSO *(Deteniéndola)*

        El Cielo que ha querido
a tan graves desdichas conducirme,
y es de mi puro amor y fe testigo,   1340
no permita que Alfonso sin ti viva.
Raquel amada, hermoso [232] dueño mío,
¿así a Alfonso abandonas?

RAQUEL

        Las estrellas,
el Cielo así lo manda, y mi destino.

ALFONSO

¿Qué, en fin, estás resuelta a bandonarme?   1345

RAQUEL

Cuanto me pesa, en este llanto explico.

ALFONSO

Pues si mi desventura es tan notoria [233],
y esta vida, este espíritu mezquino
acero noble, rayo que esgrimido
    (Sacando la espada.)

---

[231] *auxilios me aseguran*
[232] *dulce*
[233] *Pues si mis Hados son tan rigurosos*

como inútiles prendas considero: 1350
de mi diestra, blasones duplicasteis
a Marte poderoso, ya os dedico
a mejor ministerio: sed piadoso
instrumento de amantes sacrificios.
Y tú, Raquel, si quieres testimonios 1355
de mi constante amor ciertos y fijos,
pues no oyes mi razón, estas alfombras
te los ofrezcan con mi sangre escritos.

(En ademán de echarse sobre la espada.)

RAQUEL *(Conteniéndole)*

Deteneos: ¿Qué hacéis? ¿Qué furia es ésta?
Mirad que de la espada el duro filo, 1360
cuando amenaza estragos a ese pecho,
los obra y ejecuta ya en el mío.
¿No advertís que ese golpe riguroso
será fin de mi vida? ¿Quién ha dicho
que muerto Alfonso Octavo, Raquel puede 1365
vivir un solo punto? ¿Habéis creído,
que a vuestra costa pueden redimirse
mis desdichas? Vivid, Alfonso mío;
vivid, que Raquel sólo para amaros
la vida quiere [234]. Ya, Señor, me rindo 1370
a cuanto dispusiereis; ya Toledo
será otra vez mi centro; no hay peligro
que, a trueque de agradaros, me dé asombro,
que me dé susto, a trueque de serviros [235].

ALFONSO

¡Oh portento [236] de amor! Sea la eterna 1375
gratitud, que te ofrezco y sacrifico,
paga a tanto favor.

---

[234] *quiere la vida*

[235] *esfera, no hay peligros, / que me asusten, Señor, si os obedezco, / que me causen asombro cuando os sirvo.*

[236] *milagro*

Raquel

        ¿Y los hebreos,
que no tienen, Señor, otro delito
que depender de mí...?[237]

Alfonso

                Ya los indulto.
Y porque tu temor desvanecido   1380
del todo quede; porque no receles
de un vulgo osado los infieles tiros,
desde hoy de mi Cetro y mi Corona
serás dueño absoluto. Mis dominios
a tu arbitrio se rijan y gobiernen: 1385
de todos mis vasallos los destinos
de ti dependerán públicamente,
porque todos así te estén sumisos.
¡Ah de mi guardia!
      (Ocupando el solio.)

Salen Manrique, *la* Guardia, *y acompañamiento de Castellanos*

Manrique *y los demás*

¿Qué ordenáis?

Alfonso

                Atentos
escuchad lo que mando y determino.   1390
¿Soy vuestro Rey?

---

[237] *que depender de mí; cuando me absuelves / desterrados han de ir, y peregrinos?*
Alfonso.—*Ya por ti los indulto, y porque todo / temor quede, Raquel, desvanecido, / porque de aquí adelante no receles / del vulgo los insultos atrevidos, / desde hoy de mi Cetro y mi Corona / serás dueño absoluto: si lo has sido / privadamente hasta hoy, pública- mente / quiero ya que lo seas: no haya altivo / que tu planta no*

Manrique

Por tal os veneramos.

Alfonso

¿Sois mis vasallos?

Manrique

Este distintivo
nos honra.

Alfonso

¿Y lo que yo sobre mi Trono
mandare y dispusiere, no es preciso
que todos lo obedezcan?

Manrique

¿Quién lo duda?   1395
Nadie debe excusarse de serviros.

Alfonso

Está bien; y el vasallo que se opone
al gusto de su Rey, ¿no es, decid, digno
de la pena mayor, y por rebelde
no se hace reo del mayor delito?   1400

---

bese: tus Decretos / ley inviolable sean: mis Dominios / a tu arbitrio se rindan y gobiernen: / todo, en fin, te obedezca, y los destinos / de todos desde hoy de ti dependan, / porque todos desde hoy te sean submisos: / ¡ah de mi Guardia!
 Salen Manrique, Guardias y Castellanos.
 Manrique y los demás.—*¿Qué es lo que nos mandas?*
 Alfonso.—*Oídme, atentos.*
 Manrique y los demás.—*Ya, Señor, te oímos.*
 Alfonso.—*¿Soy vuestro Rey?*
 Manrique y los demás.—*Por tal te veneramos.* Fols. 47r.-48r. Cfr. vs. 1379-1391.

MANRIQUE

No hay duda [238].

ALFONSO

      Pues supuesto que no hay duda,
y supuesto también que es gusto mío,
sabed que hoy en mi Trono sustituyo
a Raquel; mi poder y mi dominio
la transfiero, y yo mismo la coloco   1405
en mi Solio Real; esto entendido,
pues confesáis, debéis obedecerme;
    (Colocándola en el Trono.)
sabed, que ya Raquel reina conmigo.

CASTELLANOS

¡Terrible ceguedad!

MANRIQUE

      Si es vuestro gusto,
ya os obedezco, y el primero rindo   1410
a Raquel mi respeto.
(Van los demás besando la mano a Raquel como
          Manrique.)

RUBÉN

      Bien se logra
el fin de mis astucias y designios.
Ya de nuevo respiro.

RAQUEL

      ¡Qué gustoso
es el mando aun en medio de peligros! [239]

---

[238] *No hay duda en eso. / Puesto que no hay duda,*
[239] *aun entre sueños es el señorío*

Alfonso

Ya estás, Raquel, en el lugar sagrado 1415
donde nunca alcanzar podrán los tiros
de tus contrarios; ya mi imperio todo [240]
está en tu mano; ya de tu albedrío
dependen los que quieran [241] ofenderte.
Los doce mil Soldados que destino 1420
para asediar a Cuenca, ya en Toledo
entrando van; fiada en tal presidio,
tu gusto ley de mis vasallos sea [242].

Raquel

Por testimonio de tu [243] amor lo estimo.

Alfonso

Y porque mi presencia no embarace 1425
que obres con libertad, yo me retiro.
Adiós, bella Raquel.
                    (*Vase la Guardia.*)

Raquel

                    El Cielo os guarde.
¿Qué es aquesto, fortuna? ¿Quién ha visto
tan extrañas mudanzas en su suerte?
¿Qué afectos hasta aquí no conocidos 1430
el corazón combaten? La venganza
me inspira indignaciones y castigos;
y este asiento, que es centro de justicia,
contiene mi furor cuando me irrito.
¿Mas podré conservar mi vida acaso, 1435
cuando me cercan tantos enemigos,

---

[240] *de todos tus contrarios: ya el imperio*
[241] *puedan*
[242] No constan en el manuscrito. Vs. 1420-1423.
[243] *del*

por más que este lugar me privilegie
del insulto del Pueblo? ¿El atrevido
infame vulgo contendrá su[244] furia,
porque no disimule su delito? 1440
No, por cierto; que el vil nunca conoce
estas oblïgaciones, y al maligno
a quien se disimula un desafuero,
licencia se le da de repetirlo.
Prueben, pues, mi rigor.

Sale la GUARDIA

GUARDIA

Hernán García 1445
y Álvar Fáñez, creyendo en este sitio
hallar al Rey, entrada solicitan.

RAQUEL

Permitidlos entrar.
(Vase la Guardia.)

MANRIQUE

¡Duro conflicto!

Sale ÁLVAR FÁÑEZ *por un lado con un Pliego*

ÁLVAR FÁÑEZ

Este es, Alfonso, el bando... Mas ¿qué veo?

Sale GARCÍA *por el lado opuesto*

---

[244] *la*

García

El obsequioso Pueblo... Mas ¿qué digo? 1450

Álvar Fáñez

¿Es ilusión?

García

¿Es sueño?[245]

Raquel

¿Qué os suspende?
Álvar Fáñez; llegad. ¿No me habéis visto?
¿Qué os admira, Fernando? ¿Qué reparos
os detienen? ¿Habéisme conocido?
(Levantándose.)
Yo soy Raquel, Raquel, la que no ha mucho 1455
insultasteis soberbios y atrevidos,
Raquel soy, ¿qué dudáis?[246], a quien Alfonso
sustituye en su mando; a quien él mismo
en su[247] Solio Real ha colocado;
con quien todo el poder ha dividido; 1460
a quien ya sus vasallos más leales
tributan los obsequios más rendidos[248].
Soy quien traidores castigar pretende;
quien del rigor esgrimirá los filos
en cuellos alevosos; quien alfombras[249] 1465
hará a sus pies de espíritus altivos,
y será con asombros y rigores

---

[245] Fáñez.—*Este es, Alfonso, el Bando, que publica / de Raquel el destierro... ¡mas qué miro!*
García.—*El obsequioso Pueblo por mi boca / muestra su gratitud; pero ¿qué digo? / ¿Es ilusión, o sueño?*
[246] *no dudéis*
[247] *el*
[248] *sumisos*
[249] *alfombra*

de audacias escarmiento y exterminio.
*(Tomando el Pliego a Álvar Fáñez y
rompiéndole.)*
Mas tú, que de leal haciendo alarde,
solicitas mi daño y precipicio,   1470
advierte que así apruebo iniquidades,
que [250] así injusticias corroboro y firmo.
Y tú, que Diputado de alevosos [251]
viles Plebeyos, el enjambre indigno
tan oficiosamente representas,   1475
les dirás de mi parte, cuánto estimo
su [252] fineza, y que ya para pagarla
prevengo hierros [253], lazos y suplicios.
(Vase con Rubén y los demás Judíos.)

ÁLVAR FÁÑEZ

¿Es posible que a tanto haya llegado
la ceguera de Alfonso?

GARCÍA

                Estoy corrido.   1480
No sé cómo he sufrido tal ultraje.
Manrique, ¿es esto cierto?

MANRIQUE

                Ya lo has visto.

ÁLVAR FÁÑEZ

¿Y tú lo has permitido?

GARCÍA

              ¿Tú lo sufres?

---

[250] Omitido en el manuscrito.
[251] *traidores*
[252] *la*
[253] *hierro*

Manrique

El que lo pudo hacer es quien lo hizo.
El Rey así, Álvar Fáñez, lo ha mandado; 1485
así, García, Alfonso lo ha querido.
Cuando su voluntad tan declarada
está, como notáis vosotros mismos,
ni debe replicar ningún vasallo,
ni puede resistirla sin delito. 1490
Y por lo menos sólo sé que debo
servir o obedecer al dueño mío.
(Vase.)

García

¡Vive Dios, que es deshonra, es ignominia
tal modo de pensar! ¿Pues quién te ha dicho [254],
infame adulador, que a su Rey sirve 1495
quien, como tú, sus ciegos desvaríos
obedece sin réplica, debiendo
conducirle a un desdoro y precipicio?
Mas ya no es tiempo de esto; ya, Álvar Fáñez [255],
de Alfonso ves la ceguedad; ya vimos 1500
de esa altiva Judía la arrogancia [256].
¿Quién seguro estará de sus caprichos?
¿Quién no debe temer sus osadías?
¿Será razón que el castellano brío
obedezca las leyes de una Hebrea? 1505
¿Será justo que aquellos que nacimos
los primeros del Reino [257], para darle
grandes ejemplos, mudos y abatidos [258]
una beldad tirana respetemos?

---

[254] *os*
[255] *Mas ya no es tiempo de esto; ya Fernando*, palabras dichas por Fáñez.
[256] *soberbia*
[257] *Pueblo*
[258] *rendidos*

Y el Pueblo, que en los dos ha transigido 1510
sus acciones y fueros, ¿será justo
quede sujeto al abandono antiguo?
No, Álvar Fáñez: [259] remedio pide el daño.

Álvar Fáñez

A cuanto quieras, ya me determino [260].

García

Redimamos el pueblo miserable [261]. 1515

Álvar Fáñez

Mi vida ofrezco para conseguirlo [162].

García

Libertemos a Alfonso de este encanto [263].

Álvar Fáñez

Mi vida ofrezco para conseguirlo [264].

García

Mas se debe excusar todo alboroto,
no parezca motín el que es oficio. 1520

Álvar Fáñez

A cuanto dispusieres, me resuelvo.

---

[259] *Fernando*
[260] Dichas por García.
[261] Dichas por Fáñez.
[262] Dichas por García.
[263] Dichas por Fáñez.
[264] García.—*Mi vida ofrezco para conseguirlos, / mas se debe excusar tal alboroto / no parezca motín el que es oficio.*
Álvar Fáñez.—*Confía a mi valor el desempeño / que si tú me acompañas hoy consigo*

García

Pues si tú me acompañas, hoy consigo
eternizar el nombre castellano
con la violenta empresa que medito;
y verá el mundo en mí, cuando contemple   1525
los efectos que ya me pronostico,
la mayor lealtad en la osadía;
pues hay casos [265] tan raros y exquisitos,
en que es más fiel el menos obediente,
y más leal el que es menos sumiso.   1530

---

[265] *porque hay hechos*

Jornada tercera

Salen HERNÁN GARCÍA, ÁLVAR FAÑEZ
y CASTELLANOS

CASTELLANO 1

¿Este descuido, Hernando, esta desidia
es el alivio, que esperar debiera
un Reino, que tan graves infortunios
padece?

CASTELLANO 2

¿Así se cumplen las promesas,
en cuya fe libraba [266] su esperanza   1535
el Pueblo Castellano?

CASTELLANO 1

    ¿Qué torpeza,
Álvar Fáñez, oprime los alientos
en tan fuerte ocasión?

CASTELLANO 2

    ¿Qué indiferencia
tan odiosa en tan grave coyuntura
os suspende? ¿Sabéis que Raquel reina? [267]   1540
¿Que Alfonso, de su encanto seducido,

---

[266] *cifraba*
[267] Parlamento del Castellano 1: *Sabéis que...*

más que nunca a su arbitrio se sujeta?
¿Qué el Trono de Castilla venerable
ocupa ya Raquel? ¿Que la sentencia
del general destierro del hebreo   1545
está ya revocada? ¿Que con fiestas
celebra el Israelita, y con aplausos
por Toledo su triunfo y nuestra mengua?
¿Es éste de Raquel el exterminio?
¿Esas, Hernando, son vuestras ofertas? [268]   1550
¿Sabéis que a su rigor quedan expuestos
los vasallos de Alfonso? ¡Qué violencias
no intentará, creyéndose ofendida!
¡Quién seguro estará de su soberbia!
¿Para esto conspiró nuestro denuedo?   1555
¿Así se logra el fin? No, no consienta
nuestro valor ultraje tan indigno.
Muera Raquel: quien por leal se tenga,
abrace la ocasión de acreditarse.
Y pues se advierte tanta indiferencia   1560
en los Nobles, la hazaña, que a otros toca
de la abatida plebe empresa sea [269].

ÁLVAR FÁÑEZ

No así culpéis de omiso, Castellanos,
mi valor. ¿Presumís que la Nobleza
descuidar puede sus obligaciones? [270]   1565
¿Juzgáis que del Plebeyo las miserias
puede ver [271], sin que exponga en su remedio
toda su autoridad? Ya está resuelta
la ruina de Raquel: vuestros enojos
sean el instrumento: de la empresa   1570

---

[268] *de este modo cumplís vuestras ofertas?* En el manuscrito el parlamento del Castellano 1 termina aquí. Sigue lo que dice Álvar Fáñez: *No así culpéis*
[269] Estos versos 1551-1562, sólo constan en la versión impresa.
[270] *descuida tanto sus obligaciones?*
[271] *ver puede*

ha de ser Álvar Fáñez el caudillo [272].
*(Echando mano a la espada y pasándose al bando
    de los Castellanos.)*
Muera Raquel: armad la invicta diestra,
Castellanos, y acabe esta ignominia
de una vez nuestro acero.

CASTELLANOS *(Echando mano a las espadas.)*

Muera, muera!

GARCÍA *(Deteniéndolos.)*

¿Adónde así corréis precipitados? 1575
¿Qué furor [273] os impele? ¿Qué imprudencia
os obliga a tan grave desacierto? [274]
¿Así rompéis de la naturaleza
las leyes sacrosantas? ¿De Españoles
se creerá acción de tanto aprobio llena? [275] 1580
¿Así de este lugar los privilegios
se traspasan, profanan y atropellan?
¿Sabéis la inmunidad de aqueste sitio?
¿Sabéis que el Cielo y la razón condenan
a quien le pisa menos reverente? 1585
¿Y tú, Álvar Fáñez, que advertir debieras
mejor la gravedad del desacato,
así llevarte de su furia dejas?
Reportaos: el limpio acero vuelva
a su lugar, que males de esta clase 1590
los remedia el consejo, no la fuerza.

ÁLVAR FÁÑEZ

¿Tú, Fernando, te opones al intento?
¿Cuando en la muerte de esa vil Hebrea

---

[272] *... no consienta / nuestro valor ultrajes tan indignos:*
[273] *enojo*
[274] *desafuero?*
[275] *... es increíble / de Españoles tan torpe y vil empresa?*

tratamos de la vida del Monarca,
así el hecho [276] acriminas y motejas?   1595
Fernando, ¿esto es lealtad? [277]

García

                ¿Quién os ha dicho,
oh multitud ilusa, que se pueda
ofender a Raquel sin que de Alfonso
la autoridad y pundonor padezcan?

Álvar Fáñez

Pues si Raquel a Alfonso tiraniza,   1600
quien quebranta [278] sus hierros y cadenas,
quien a su Rey liberta [279] de un desdoro,
¿no obra como leal?

García

                Y quien intenta
que un delito castigue otro delito,
¿obra con equidad y con prudencia?   1605
No oscurezcáis así vuestras hazañas; [280]
confiésoos la razón de vuestras quejas: [281]
no niego de Raquel la tiranía.
Yo mismo sus excesos y violencias [282]
acabo de sufrir: el miserable   1610
estado de la plebe los vocea.
Las Naciones extrañas, todo el Mundo
que el Castellano Imperio considera,
piden satisfacción. Yo, yo, entre tantos,
soy el que más que todos la desea.   1615

---

[276] *así nos*
[277] *esto, Fernando, es lealtad?*
[278] *quebrante*
[279] *liberte*
[280] *no mancilléis así vuestras lealtades*
[281] *vuestra queja*
[282] *soberbia*

Pero ni yo, ni el Mundo, ni el Estado
podremos aprobar, que se cometa
contra el honor de Alfonso un desafuero.
¿Y cuál será la vil cobarde diestra
que se atreva a esgrimir la injusta espada   1620
contra Raquel? ¿Será gloriosa empresa [283]
de un castellano acero, cuyos filos [284]
fueron horror [285] de huestes agarenas,
teñirse con la sangre desdichada
de una infeliz [286] mujer? ¿Será proeza?   1625

ÁLVAR FÁÑEZ

¿Qué mudanzas son éstas? [287] ¿Tú, Fernando,
en este mismo instante [288] no confiesas
la justicia [289] y razón que nos asiste?
¿No eres tú quien dispone, quien ordena
de este mal el remedio? ¿Para el hecho   1630
tú mismo con tus voces no me alientas?
¿Cómo, pues, ya te opones?

GARCÍA

                                Engañado
enormemente estás si acaso piensas,
Álvar Fáñez, que puedo retraerme
de este intento jamás. Vida y hacienda,   1635
tranquilidad, y todos cuantos bienes
tiene el humano ser [290], al punto diera
por redimir a Alfonso y a Castilla [291].

---

[283] *acción gloriosa fuera*
[284] *brío, cuyo acero*
[285] *siempre temieron*
[286] *flaca*
[287] *¿Qué mudanza es aquesta?*
[288] *te opones al intento*
[289] *no tocan la razón*
[290] *tiene la humana vida*
[291] *por librar a Castilla de este ultraje*

A esta plausible, a esta gloriosa empresa
os animé; para esto con vosotros 1640
conspiró mi lealtad, mas con reserva
del decoro del Rey, que es en los Nobles
el cuidado primero.

ÁLVAR FÁÑEZ

¿Pues nos queda
para lograr el fin otro recurso?
¿Resta otro medio alguno?[292]

GARCÍA

Sí, otros restan. 1645
Y cuando otros no hubiera, ¿quién haría
uso del que decís, que leal fuera?[293]

ÁLVAR FÁÑEZ

Quien vea que sus voces no se escuchan;
que sus ruegos e instancias se desprecian,
y que es su tolerancia y su silencio 1650
fomento del rigor y la soberbia.

GARCÍA

¿Y esa razón[294] excusará el delito?

ÁLVAR FÁÑEZ

Quien culpe nuestra acción, también es fuerza
confiese que con ella se redime
de este Reino el baldón, del Rey la afrenta. 1655

---

[292] *... Pues nos quedan / para lograrla, Hernando, ya otros medios / que dar a Raquel muerte?*
[293] *y cuando otros sino éste no quedaran / ¿quién le usará que por leal se tenga?*
[294] *la razón*

García ·

¿Y eso no podrá hacerse, sin que manche
el castellano nombre acción tan fea?[295]

Álvar Fáñez

Cualquiera menos fuerte será inútil;
tú, Fernando, tú tienes la experiencia.

García

Clausuras hay que roben a los ojos   1660
de Alfonso el fuerte hechizo que los ciega[296].

Álvar Fáñez

¿Y no habrá aduladores que descubran
mérito haciendo de la diligencia
el lugar donde esté, por más remoto[297]
que se procure? ¿La voraz hoguera   1665
de amor no deshará muros altivos,
recios[289] candados y robustas puertas?

García

Países hay extraños[299] y remotos
en que Raquel sepulte su belleza.

Álvar Fáñez

Si a un amante vulgar nada contiene,   1670
¿qué habrá que a un Rey amante le contenga?[300]

---

[295] *y podrá hacerse aquesto sin que manche / el nombre Castellano...*
[296] *aqueste hechizo que le ciega.*
[297] *secreto*
[298] *fuertes*
[299] *extremos*
[300] *detenga*

García

El presidio, que entrando va en Toledo,
pudiera acaso...

Álvar Fáñez

¿Así las tropas nuestras
agravia quien las vio obrar tantas veces?
¿Son forzadas, venales o extranjeras? 1675
¿No son gente escogida en los Concejos
de Adaja, de Arlanzón y de Pisuerga?[301]

García

¿Qué, en fin, estáis resueltos, Castellanos?

Castellano 2

Querernos contener es vana empresa[302].

García

Pues, supuesto que estáis determinados 1680
y no es posible haceros resistencia,
sólo pretendo[303] suspendáis la furia
un breve espacio[304]. Doble culpa fuera
atreverse a Raquel, estando Alfonso
presente a sus ultrajes: ni pudiera 1685
vuestra intención acaso conseguirse,
si por ventura Alfonso a comprenderla
llegase. Y pues que suele con el noble
recreo de la caza partir treguas
en la guerra de amor, esta oportuna 1690
ocasión esperad, porque con ella

---
[301] Faltan en el manuscrito. Vs. 1672-1677.
[302] *detener es imprudencia.* Aquí hablan todos en el manuscrito.
[303] *suplico*
[304] *un breve instante*

vuestra acción se asegure, y que de Alfonso
menor sea el dolor, menor la ofensa [305].

Álvar Fáñez

Discurres bien, García; y porque notes
que sólo el bien del Reino nos alienta   1695
y de Alfonso el honor, suspenderemos
por ahora el intento; mas se entienda
que ha de morir Raquel precisamente [306].

Castellano 2

Dispón cuanto juzgares que convenga,
como a verter su sangre se dirija [307].   1700

Álvar Fáñez

Sí, Castellanos; su maldad perezca [308].
(Vanse Álvar Fáñez y Castellanos.)

García

¡Oh fiera multitud, cómo [309] se engaña
quien sobre ti tener arbitrio piensa!
Mas pues he suspendido sus enojos,
aprovechemos la ocasión estrecha.   1705

---

[305] *presente a vuestro exceso; no pudieran / vuestras iras acaso ejecutarse, / si es que Alfonso llegare a comprenderlas. / Y pues os consta que con el diario / recreo de la caza parte tregua / en la guerra de amor, esta oportuna / ocasión esperad, porque con ella / no se expone la empresa meditada, / y hacéis de vuestro Rey menor la ofensa. / (Aparte.) Por este medio quiero asegurarlos / mientras logro que Alfonso el hecho sepa.* Fol. 38r.

[306] *que aquesta suspensión no disminuya / el furor, antes bien crezca con ella. / Vamos, pues.*
Castellano 1.—*Ya Álvar Fáñez, te seguiremos / mas repitiendo que hoy a manos nuestras / ha de morir Raquel.*

[307] No constan estos dos versos en el manuscrito.

[308] *... Sí, Castellanos, / su altanería y furor perezca.*

[309] *cuanto*

Sepa Alfonso el peligro a que su ciego
amoroso delirio tiene expuestas
su autoridad y de Raquel la vida:
que por ventura, si a saberlo llega [310]
de sí la apartará por libertarla.   1710
De esta suerte Castilla se sosiega,
de Alfonso no padece el real decoro,
su vida esa infeliz también conserva;
que aunque tan ofendido y agraviado
me tiene, esto le debo a mi Nobleza.   1715

Sale MANRIQUE

MANRIQUE

Mucho siento, García, haber de darte
un disgusto y pesar [311].

GARCÍA

¡Qué [312] necio fuera
quien esperara menos qué pesares
en tan infames días, en que reina
la iniquidad y están entronizadas   1720
la maldad, la injusticia y la violencia!
Di, Manrique, cuál es: nada me asusta [313],
nada me admira ya [314].

MANRIQUE

Raquel ordena
salgas hoy de Toledo desterrado.

---

[310] *sépalo, pues, que si a saberlo llega*
[311] *Detente, Hernando, que aunque siento darte / un pesar, es forzoso*
[312] *que* falta en el manuscrito.
[313] *admira*
[314] *Nada me asusta, Manrique: Raquel ordena*

GARCÍA

¿Desterrado? ¿Y por qué?

MANRIQUE

    Porque fomentas   1725
sediciones contra ella y...

GARCÍA

    Sella [315] el labio:
porque me irrita más que tú te atrevas
a proferir calumnias semejantes
que el proceder injusto de esa hebrea.
¿Yo muevo sediciones? Vive el Cielo,   1730
que miente quien lo dice y quien lo piensa.
¿Qué hubiera sido de la infame sangre
de esa mujer, si yo leal no hubiera
contenido los ánimos feroces [315 bis]
que ya volaban a saciarse de ella?   1735
¿Quién es, quien de su vida ha sido escudo?
¿Y quien acaba de...? Pero ¡qué necias
satisfacciones! Di a Raquel que Hernando
dice que tiene Rey a quien venera,
que sólo sus preceptos obedece,   1740
que los demás los oye y los desprecia;
y que no es de la clase desdichada
de aquellos que por medio de vilezas
pretenden sus aumentos, como hace
alguno de su crédito con mengua...   1745
Y dila que si juzga que en Toledo
incomodarla puede mi asistencia,
está muy engañada; que entre tanto
que ella su perdición busca y fomenta,
busco yo modos de librar su vida   1750

---

[315] *Cierra*
[315 bis] *Los ánimos del vulgo conmovido / tú lo sabes, decírselos pudieras.*

de los continuos riesgos que la cercan [316],
que vele sobre sí, pues de contrarios
poderosos la cólera resuelta
contra su vida se arma nuevamente.
Débame esa cruel esta advertencia;   1755
corresponda a un agravio un beneficio:
que así, Manrique, Hernán García se venga.

Manrique

Mi obligación, Hernando...

García

              La de un Noble
y la de un Castellano fiel debieras
mirar mejor.

Manrique

           Los Laras de leales   1760
siempre fueron espejo [317].

García

             Bien lo prueba
el haber entregado a Alfonso en Soria
de su tirano tío a la tutela.
Nuño Almexí, que supo rescatarle [318],
dirá vuestro elogios.

Manrique

        Fue violencia.   1765

---

[316] *del peligro notorio que la espera*
[317] *ejemplo*
[518] *restaurarle,*

García

Conveniencia dirías [319] propiamente;
pues os valió del Reino las tenencias.

Manrique

Siempre Laras y Castros se estimaron.

García

Mi padre lo diría si viviera;
de quien, porque en la vida no pudisteis,   1770
la venganza tomasteis en la Huesa.

Manrique

Pero yo de vos siempre...

García

                El enemigo
habéis sido: ya sé vuestras cautelas:
ya sé cuánto me honráis; ya lo comprendo: [320]
y supuesto que el Rey aquí se acerca   1775
con Raquel, repetid vuestros oficios,
reiterad sumisiones e indecencias,
obsequios afectad interesados;
mientras yo espero a Alfonso, donde pueda
darle avisos que más a mi honor cuadren,   1780
que liberten su Solio de una ofensa,
que sosieguen disturbios y alborotos:
que ésta es mi lealtad, ésta [321] es la vuestra.
                              (Vase.)

---

[319] *dijeras*
[320] *ya sé lo que me honráis, de los elogios / que no ha mucho que hicisteis de mis prendas. / Esto sois, Garcerán, ya lo comprendo:*
[321] *ésa*

Manrique

Corrido estoy [322].

Salen Alfonso, Raquel, Rubén *y acompañamiento*

Raquel *(Llorando)*

En fin, ¿determinado
estáis, Señor, a hacer más placenteras   1785
las orillas del Tajo con pisarlas
en medio de los sustos que me cercan?

Alfonso

Sí, Raquel. ¿Mas tú lloras? ¿Tú suspiras?
¿Qué temes, Raquel mía? ¿Qué recelas?
¿No mandas ya en Castilla? ¿No se rigen   1790
a tu arbitrio mis Reinos? ¿Ya tu diestra
no es el móvil de todo? ¿En mis dominios
no te obedecen todos y respetan?
¿No tienes ya poder para vengarte
si hay alguno tan necio que te ofenda?   1795
¿No reinas como siempre en mi albedrío?
¿Tús órdenes Toledo no venera?
¿Y, en fin, no eres de todo el absoluto
dueño?

Raquel

Sí, Alfonso; y sólo así pudiera
contemplarse de vos menos indigna   1800
mi humildad. Hoy, Señor, veréis que acierta
amor en la elección que de mí hace,
y que no siempre son sus obras ciegas.

---

[322] *Vive el Cielo que estoy avergonzado, / y que ha de ver García..., mas ya llega / aquí el Rey, y Raquel.*

ALFONSO

Sí, Raquel mía; amor te ha coronado.
Y porque tengas desde luego pruebas   1805
de la estabilidad de tu gobierno
y cuán segura estás aun en mi ausencia,
al placer ordinario de la caza
intento no negarme. Nuevas fuerzas
a las Guardias se aumenten de Palacio   1810
a mayor prevención. Así, desecha,
Raquel hermosa, esos recelos vanos
que te causan pesar. Contigo queda
el alma que te adora: y pues me brindan
del Tajo ya las plácidas riberas;   1815
adiós, bella Raquel [323].
(Vase Alfonso con el acompañamiento.)

RAQUEL

El Cielo os guarde.
¡Cuánto, ay de mí, que os ausentéis, me pesa!

---

[323] RAQUEL.—*En fin, ¿resuelto / estáis, Señor, a hacer más placenteras / las orillas del Tajo floreciente?*
ALFONSO.—*Sí, Raquel mía, aunque el temor lo sienta: / arbitrio es de mi amor este retiro, / porque puedas más libre en esta ausencia / ostentar tu poder; sepa Castilla / que desde hoy tú sola la gobiernas. / Mas ¿tú lloras, Raquel? ¿Tú te acongojas? / ¿Qué temes, Raquel mía? ¿qué recelas? / ¿No mandas ya en Castilla? ¿No se rigen / a tu arbitrio mis Reinos? ¿Ya tu diestra / poder no tiene, di, para vengarte, / si hay alguno tan necio que te ofenda? / Pues ¿qué puede afligirte?*
RAQUEL.—*No sé, Alfonso.*
ALFONSO.—*¿Tus órdenes Toledo no venera? / ¿no reinas como siempre en mi albedrío?*
RAQUEL.—*Haga vuestra pasión el Cielo eterna.*
ALFONSO.—*¿No eres, Raquel, de todo el absoluto / dueño?*
RAQUEL.—*Sí, Alfonso, y sólo así pudiera / de vos menos indigna contemplarse / mi humildad, hoy veréis, Señor, que acierta / amor en la elección que de mí hace, / y que no siempre son sus obras ciegas; / pero no sé qué sustos, qué temores / sobresaltan el alma que...*
ALFONSO.—*Desecha, / Raquel hermosa, esos recelos vanos / que turban tu placer: contigo queda.* Fols. 62r. Cfr. vs. 1784-1812.

¿Qué es esto, congojado [324] pecho mío?
Corazón, ¿qué temor te desalienta?
¿Qué sustos te atribulan? ¿Ya Castilla   1820
a mi [325] arbitrio no rinde la obediencia?
Pues, corazón, ¿qué graves sobresaltos
son los que te combaten y te aquejan? [326]
Sin duda debe ser que como el Cielo
no te crió para tan alta esfera,   1825
como es el Solio regio, mal se halla
tu natural humilde en su grandeza.
Tomen ejemplo en mí los ambiciosos,
y en mis temores [327] el soberbio advierta
que quien se eleva sobre su fortuna,   1830
por su desdicha y por su mal se eleva.
Mas ¿cómo así me agravio neciamente? [328]
Mi valor, mi hermosura, las estrellas,
el Cielo mismo, que dotó mi alma
de tan noble ambición y la fomenta,   1835
¿no confirman mi mérito? Pues ¿cómo
me puedo persuadir que exceso sea
de la suerte el supremo, el alto grado,
en que está colocada mi belleza?
El frívolo accidente del origen   1840
que tan injustamente diferencia
al noble del plebeyo, ¿no es un vano
pretexto que la mísera [329] caterva
de espíritus mezquinos valer hace
contra las almas grandes que en las prendas   1845
con que las ilustró pródigamente
el Cielo las distingue y privilegia?
No hay calidad sino el merecimiento:

---

[324] *acongojado*
[325] *tu*
[326] *aquestos? ¿qué sientes? ¿qué te aqueja?*
[327] *zozobras*
[328] *¿Pero cómo a mí misma me agravio?*
[329] *misma*

la virtud solamente es la Nobleza [330].
(Sentándose.)
Esto supuesto, ¿habéis, Rubén, mandado   1850
disponer mis Decretos?

Rubén

                    Ya la hebrea
Nación por mí las gracias te tributa
por lo mucho, Raquel, que te interesas
en su alivio. Los pechos que pagaba,
los servicios, las cargas, y gavelas   1855
están ya suspendidas y dispuesto
el reintegro también de todas ellas
a costa del Erario, como mandas;
y porque éste tampoco así padezca,
al pueblo castellano se duplican   1860
los impuestos.

Raquel

                ¿Razón acaso fuera [331]
que cuando de este Reino los vasallos
en riquezas abundan y en haciendas,
repartiesen con pobres extranjeros [332]
cuya industria y trabajo son sus rentas   1865
las cargas del Estado? Fuera injusta [333]
política [334].

Rubén

                También, según ordenas,
el bando se ha dispuesto que prohíbe
que dentro de Toledo nadie pueda

---

[330] *la Virtud y el Valor son la Nobleza.*
[331] *Acaso razón fuera*
[332] *partiesen con los pobres extranjeros*
[333] *injusto*
[334] *Proseguid, pues.*

armas traer sin el real permiso; 1870
y aunque con la noticia descontenta
está la gente ardiente y belicosa
viéndose desarmar, que efecto tenga
el mandato a su tiempo, no lo dudes.

Raquel

Así se humillará tanta soberbia. 1875

Rubén

Las cabezas del público alboroto
se buscan; pues se sabe con certeza
que no le fomentó Fernán García,
para que se haga un escarmiento en ellas.

Raquel

Está bien; mas de Hernando las audacias 1880
se deben [335] castigar.

Rubén

           Ya le destierras.

Manrique

Yo, yo, Raquel, que le he notificado
el [336] orden, soy testigo de la fiera
altivez con que a ti y a tus Decretos
vilipendió.

Raquel *(Levantándose)*

        Pues luego se le prenda; 1885
como a reo de Estado se le trate;

---

[335] *... la osadía se debe*
[336] *tu*

y probada su torpe [337] inobediencia,
hoy le vea Toledo en un cadalso
donde a un verdugo rinda la cabeza.

Rubén

Corto castigo a tanta demasía [338].　　　　　　　　1890
Aquesto sí, Raquel; todo perezca
cuanto a tu elevación contradijere,
cuanto pueda oponersé a tu grandeza.
Haz que Castilla sienta tus rigores:
de sangre criminal las calles riega;　　　　　　　　1895
no quede castellano sospechoso
que no adore tu planta o que no muera.

Raquel

¡Cómo adulan mi oído esas palabras!
¡Cómo, Rubén...! [339]

Castellanos *(Dentro)*

　　　　　Sin nota de vileza
ya sufrir más la lealtad no puede.　　　　　　　　1900

Raquel

Rubén, ¿qué nueva confusión es ésta?

García *(Dentro)*

Reportaos, Castellanos: no desdore
vuestra fama y renombre acción tan fea [340].

Castellanos *(Dentro)*

Es tiranía; ya sufrir no puede
la lealtad sin nota de vileza.　　　　　　　　1905

---

[337] *Rubén, su inobediencia*
[338] *Bien merece castigo su arrogancia.*
[339] *Mas ¿qué horrosa voz oír se deja?*
[340] Faltan vs. 1899-1902 en el manuscrito.

Manrique

Voces del Pueblo son alborotado.

Raquel

¿Del Pueblo? ¿Qué pretende?

Rubén

     Acaso intenta
demostrar con su pública alegría
que en tus elevaciones se interesa.
(¡Cuánta fuerza me hago al pronunciarlo![341] 1910
Mucho temes, Rubén, mucho recelas.)

Raquel

¡Ah de la Guardia! Pero ¿qué es aquesto?
¿Nadie me oye? ¡Ay de mí! ¿Todos me dejan?
Examina la causa de este exceso,
Manrique.

Manrique

   Al Rey con la mayor presteza 1915
buscaré; que sabiendo tanto insulto
volará a remediarle.

*   (Vase.)*

Raquel

   Ya más cerca
el rumor se oye.

Castellanos *(Dentro.)*

   Ya sufrir no puede
la lealtad sin nota de vileza[342].

---

[341] *proferirlo* (aparte).
[342] Raquel.—*¡Ah de la Guardia!*
Manrique.—*Sálvese Manrique / y sepa el Rey el caso.*

Rubén

¡Ay de mí! ¿Qué es aquesto? El Pueblo todo   1920
segunda vez se arma en nuestra ofensa.
¿Dónde me esconderé que el riesgo evite? [343]

Raquel

¡Ay de mí, triste! ¿Qué desdicha es ésta?
¿Qué es aquesto, Rubén? ¿No has escuchado?

Rubén

Estas son las funestas consecuencias   1925
que, por más que esforzaba el artificio,
temí de mi ambición y tu soberbia.
Del extremo peligro en que nos vemos
ella ha sido la causa: [344] considera
el triste fin que las maldades tienen,   1930
y huye de tanto riesgo como puedas.
No pongas más en mí la confianza,
que no valen ya astucias ni cautelas.
(Vase.)

Raquel

¡Oh caduco traidor! ¡Qué tarde llego
a conocerte! Tus inicuas reglas,   1935
tus consejos, mi mal han producido;
¡y ahora de mí huyes y me dejas!
Mas ¡ay de mí! ¡Oh Alfonso descuidado

RAQUEL.—*De más cerca / el rumor se oye.*
VOCES (dentro).—*Ya sufrir no puede / la lealtad, sin nota de vileza.*
RAQUEL.—*¡Ay de mí, desdichada! ¿Mas qué es esto? / Ninguno me oye? ¡Ay Dios, todos se alejan!*
[343] RUBÉN.—*Sí, Raquel, porque el Pueblo amotinado / se arma segunda vez en nuestra ofensa; / dónde me esconderé que el riesgo evite:*
[344] *estas de tu altivez son consecuencias: / tu soberbia, Raquel, nos ha perdido, / ella tiene la culpa: considera*

con cuán justa razón lloré tu ausencia! [345]
¿Qué haré? Dame remedio, ingenio mío [346].　　　1940
Mas ¡ay!, que la atrevida voz sangrienta
entre quejas me intima mi desgracia,
diciendo que el sufrir es ya vileza.
Ya el tirano cuchillo que el airado
brazo contra mí esgrime me amedrenta;　　　1945
y ya parece que en copiosas fuentes
el humor [347] se desata de mis venas.
¡Qué horrorosa es la imagen de la Parca
a un alma enamorada! ¡Oh, quién pudiera
revocar con el aire de un suspiro　　　1950
a Alfonso! Pero ya que se decreta
mi muerte, el contemplar que es por amarle [348],
menor hace el dolor, menor la pena.
Y vosotros, ministros injuriosos
de la ferocidad y la inclemencia,　　　1955
llegad apresurados. ¿Qué os detiene?
Dad la muerte a Raquel, que ya la espera.

Sale GARCÍA

GARCÍA

La vida vengo a darte, no la muerte;
aunque no fuera extraño lo temieras,
cuando ofendes mi honor con tanto ultraje.　　　1960
El Pueblo (ya lo escuchas) la sentencia
fulmina contra ti, y en mil espadas
te amenaza la muerte: su fiereza
ni atiende mi valor ni mi respeto [349].

---

[345] *dueño mío / con cuán justa razón sentí tu ausencia*
[346] *¿Qué podré hacer en riesgo tan notorio?*
[347] *la sangre*
[348] *Mas ¿qué digo que me aterra, / amado Alfonso, dueño idolatrado, / ya que la suerte bárbara decreta / que muera, el contemplar que es por amarte,*
[349] *no basta a contener ya mi respeto*

La misma guarnición que en tu defensa   1965
ha llegado, común hace la causa.
Tomadas están ya todas las puertas
para lograr su intento. Yo, que a Alfonso
venero con la fe más verdadera,
que cuido del honor de su Corona   1970
y sólo su servicio me desvela;
cuando todos tu muerte solicitan,
guardo tu vida; mi lealtad atenta,
al salir a la caza, le esperaba,
para avisarle de la torpe y fiera   1975
resolución del Pueblo; mas él, ciego
por adular tu indignación proterva,
no sólo no me oyó, pero ni quiso
admitirme siquiera a su presencia.
Y aunque pudo el desaire retraerme   1980
de mi designio, válgate el ser prenda
de mi Rey y Señor, el ser yo noble [350],
el ser leal vasallo: mis querellas
personales pospongo a su decoro,
que esto manda el honor y la nobleza   1985

RAQUEL

¿Cómo, aleve traidor...?

GARCÍA

Raquel, no es tiempo
ni de satisfacciones ni de quejas.
Yo soy leal; jamás tu muerte quise,

---

[350] *venero con la fe más verdadera, / cuando todos tu muerte solicitan, / guardo tu vida, mi lealtad atenta, / al salir a la caza, le esperaba, / para darle el aviso de la fiera / resolución del pueblo; pero él ciego / por adular tu indignación proterva, / no sólo no me oyó, sino que airado, / ni aun admitirme quiso a su presencia. / Y aunque pudo el desaire retraerme / de mi designio, válgate el ser prenda / de mi Rey, el ser yo Fernán García;* Fol. 68. Cfr. vs. 1968-1983.

y si lo quieres ver, tienes la prueba.
Resuélvete, Raquel: a esos jardines 1990
de la Torre vecina da una puerta
que el no uso tiene ya cuasi olvidada.
Criados y caballos que me esperan
prevenidos están; el inminente
riesgo salvemos; demos así treguas [351] 1995
a que, volviendo Alfonso, se remedie
tan grave mal.

Raquel

         Ya alcanzo [352] tus cautelas.
¿Quieres valerte tú de ese artificio
para hacer tu venganza más secreta?

García

Mira, Raquel, que el tiempo se malogra. 2000

Raquel

Muera yo, como nada a ti te deba.

García

Advierte que tu muerte es ya precisa.

Raquel

Si te creyese, más precisa fuera.

García

¿Que, en fin, quieres perderte?

Raquel

         No te escucho.

---

[351] *tregua*
[352] *Ya entiendo*

GARCÍA

¿No me quieres seguir?

RAQUEL

          Estoy resuelta.   2005

GARCÍA

Así mueres sin duda.

RAQUEL

         ¿Y si te sigo
será acaso mi muerte menos cierta?

GARCÍA

Pues si hubiera artificio en mis palabras
y aspirara a vengarme, ¿no lo hiciera
impunemente por ajena mano   2010
en tanta confusión?

RAQUEL

         En vano empleas
razones que no pueden persuadirme
si falsas, porque es bien guardarme de ellas;
y si son verdaderas, porque el hecho
me llena de rubor y de vergüenza.   2015
       (Vase.)

GARCÍA

¡Válgame Dios, cómo permite el Cielo
que los malos se cieguen, cuando intenta
castigar sus delitos y maldades!
Pero ¿qué podré hacer? Ya la violencia
penetra hasta este sitio.

Salen Álvar Fáñez *y* Castellanos
(con las espadas desnudas)

Álvar Fáñez

                    Castellanos,   2020
¡muera aquesta tirana!

Castellanos

      ¡Muera, muera!

García

Bárbaros, cuyo insulto [353] a sacrilegio
pasa ya: ¿qué furor os atropella?
¿No contiene ese [354] solio vuestras iras?
¿Del lugar lo sagrado no os refrena?   2025
¿Sois castellanos? ¿Sois...?

Castellano 2

                    Porque lo somos,
de este lugar vengamos las ofensas.

Álvar Fáñez

Y porque nos preciamos de leales
borrar queremos las indignas huellas
que le profanan con la sangre misma   2030
del sujeto que obró la irreverencia.
Ea, pues, castellanos, examine
nuestro cuidado hasta las más secretas
Cámaras [355] de este Alcázar; y tú, Hernando,
no hagas a nuestro intento resistencia;   2035
pues tu valor expones a un desaire,
y tu fidelidad a una sospecha.
                (Vase.)

---

[353] *intento*
[354] *este*
[355] *la más secreta cámara*

García

¡Oh ilusión temeraria! En el delito
cifráis la lealtad. ¡Oh, quién pudiera
contener el exceso! Mas si a Alfonso   2040
corro a avisar, Raquel expuesta queda;
si en su defensa expongo yo mi vida,
¿podré lograr acaso con perderla
librar la suya? ¡Oh extremos infelices!
¿Si acaso viendo el riesgo se aprovecha   2045
de mi aviso Raquel? Hacia el postigo
parto veloz con intención resuelta
de libertarla aunque mi vida arriesgue.
Pero Rubén...

(Sale Rubén *huyendo)*

Rubén

¡Oh horror! ¡Oh muerte! ¡Oh tierra!
¿Cómo a este desdichado no sepultas?   2050
Tus profundas entrañas manifiesta
y esconde en ellas mi cansada vida:
líbrame de los riesgos que me cercan.
¡Qué susto! ¡Qué pesar! ¿Nadie se duele
de mí?

García *(Sacando la espada)*

Sí, infame.

Rubén

Tu rigor modera;   2055
ten, Fernando, piedad: no me des muerte.

García

Vil consejero, horrible monstruo, fiera
cuyo aliento mortal inspiró tantas

máximas detestables a esa hebrea,
que por fin su desdicha han producido 2060
y la tuya también; aunque merezcas
bien la muerte crüel que estás temiendo,
sabe que aqueste acero en tu defensa
arma mi brazo.

Rubén

Cielos, ¿qué he escuchado?

García

Y que a Raquel, si el Cielo no lo niega, 2065
he de librar a costa de mi vida.
No por ti, infame hebreo, no por ella;
por ser leal, por ser García de Castro,
y porque el mundo por mis hechos vea [356]
que el noble noblemente ha de vengarse; 2070
y que cuando del Rey el honor media
a su decoro deben posponerse
propios agravios y privadas quejas.
(Vase.)

Rubén

¡Oh palabras terribles! ¡Cuánto engaño
padece aquel que juzga de apariencias! 2075
¡Quién tal creyera de su altanería!
Mas ¡ay de mí!, la débil planta apenas
puedo fijar [357]. ¡Qué sustos, qué congojas
me oprimen! ¡Oh ambición, cuánto acarreas
de males al que necio te da entrada! 2080
Ya sin duda a Raquel la furia ciega
habrá dado la muerte; ya la mía
se apresura. ¡Ay de mí! Pero ¿no es ésta?

---

[356] *sepa*
[357] *fijar puedo*

¿No es Raquel la que huyendo hacia aquí viene?
¡Oh, si evitar pudiese [358] que me viera! 2085
(Retírase detrás del solio.)

Sale RAQUEL

RAQUEL

¡Oh mujer desdichada! A cada paso
el corazón desmaya [359], el pie tropieza.
¡Oh peligro! ¡Oh dolor! De [360] mil espadas
huyendo vengo: ni en la fuga acierta
mi confusión: [361] el miedo me deslumbra. 2090
Ya el tropel se avecina, ya no queda
refugio a mi temor. Lugar sagrado,
(Al solio.)
cuya ambición es causa de estas [362] penas,
sed mi asilo esta vez, si otra vez fuisteis
teatro de mi orgullo y mi soberbia; 2095
encubridme a lo menos... Mas ¿qué miro?
¡Tú aquí, Rubén! ¡Tú, infame! Ya no espera
remedio mi desdicha, pues no pueden
donde esté tu maldad faltar tragedias.
Ya ves cómo se lucen tus doctrinas, 2100
maestro infame, que en tu torpe escuela
el arte me enseñaste de perderme.
Castellanos, volad: nada os detenga;
aquí a Raquel tenéis, que ya gustosa
morirá si Rubén muere con ella. 2105

RUBÉN

¿Cómo, Raquel...? Si el Cielo... Mas ¿qué
                                         [escucho? [363]

---

[358] *pudiera*
[359] *desmaya el corazón*
[360] *A*
[361] *turbación*
[362] *mis*
[363] ... *¿Mas qué escucho?* / *el rumor llega ya.*

ÁLVAR FÁÑEZ *(Dentro)*

Entrad, no os detengáis: romped las puertas
si estorbasen la entrada [364].

RAQUEL

        ¡Ay de mí triste!
¡Qué confusión! ¡Qué susto!
Salen ÁLVAR FÁÑEZ *y* CASTELLANOS *(con las espadas
                desnudas.)*

CASTELLANOS

        ¡Muera, muera!

RAQUEL

Traidores... Mas ¿qué digo? Castellanos,   2110
Nobleza de este Reino, ¿así la diestra [365]
armáis, con tanto aprobio de la fama,
contra mi vida? ¿Tan cobarde empresa
no os da rubor y empacho? ¿Los ardores [366]
a domar enseñados la soberbia
de bárbaras escuadras de Africanos,
contra un aliento femenil se emplean?
¿Presumís hallar gloria en un delito,
y delito de tal naturaleza
que complica las torpes circunstancias   2120
de audacia [367], de impiedad y de infidencia?
¿A una mujer acometéis armados?
¿El hecho, la ocasión no os avergüenza?
¿Será blasón cuando el Alarbe ocupa
con descrédito vuestro las fronteras,   2125
convertir los aceros a la muerte

---

[364] Faltan en el manuscrito.
[365] *las diestras*
[366] *no os llena de rubor? Los ardimientos*
[367] *audacias*

de una flaca mujer que vive apenas?
¿Qué causa a tal maldad os precipita?
¿Qué crueldad, qué rigor, qué furia es ésta?

ÁLVAR FÁÑEZ

El hábito, Raquel, de hacer tu gusto 2130
y tu misma maldad hacen, no veas
las causas, los principios de este enojo [368];
bien lo sabes, Raquel; bien lo penetras,
y bien tu disimulo nos confirma
la justicia y razón que nos alienta. 2135

RAQUEL

¿Pues mi delito es más que ser amada
de Alfonso? ¿Que pagar yo su fineza?
¿En cuál de estas dos cosas [369] os ofendo?
¿Está en mi arbitrio hacer que no me quiera?
Si el Cielo, si la fuerza de los astros [370] 2140
le inclinan a mi amor, ¿en su influencia
debo culpada ser? ¿Puede el humano
albedrío mandar en las estrellas?
Mas ya sé que diréis que mi delito
es el corresponderle. Cuando [371] intenta 2145
la malicia triunfar, ¡oh, cómo abulta
frívolas causas, vanas apariencias!
¿Pude dejar de amarle siendo amada?
Si un Rey con sólo su precepto fuerza [372]
a su imperio juntando las [373] caricias, 2150
su amor, su halago, las [374] heroicas prendas,
que le hacen adorable, ¿bastaría

---

[368] *las legítimas causas de este enojo:*
[369] *causas*
[370] *Si el Hado, si los Cielos, si los Astros*
[371] *Cuanto*
[372] *Si un Rey con su precepto sólo fuerza*
[373] *sus*
[374] *tan*

algún [375] esfuerzo a hacerle resistencia?
Juzgad con más acuerdo [376], oh Castellanos;
ved que el enojo la razón os ciega; 2155
remitid esta causa a más examen;
atended...

ÁLVAR FÁÑEZ

Ya está dada la sentencia.

RAQUEL

Mirad que es la pasión quien la fulmina.

ÁLVAR FÁÑEZ

No, tirana; tu culpa te condena.

RAQUEL

¿Que, en fin, he de morir? Aqueste llanto... 2160

ÁLVAR FÁÑEZ

No nos mueve, Raquel; no tiene fuerza.

RAQUEL

¿Lo negro de la acción no os horroriza?

ÁLVAR FÁÑEZ

Si de la Patria el bien se cifra en ella,
timbre la juzgarán, y si de Alfonso
el honor restauramos, es proeza. 2165

RAQUEL

¿Y su honor restauráis cuando atrevidos
muerte le dais? ¿Sabéis que se aposenta

---

[375] *ningún*
[376] *acierto*

su alma con la mía? ¿Que es mi pecho
de su imagen altar? ¿Que de las fieras
puntas [377] que penetraren mis entrañas 2170
es fuerza que el dolor las suyas sientan?
¿No veis que él morirá si yo muriere?

Álvar Fáñez

El rayo del furor la torpe hiedra
abrasará sin que padezca el tronco
que ella aprisiona con lascivas vueltas. 2175

Raquel

¿El amarle, llamáis...?

Álvar Fáñez

              Amor te mata.
Si él te ofende, Raquel, de amor te queja.

Raquel

No, traidores; no, aleves; no, cobardes;
y si porque amo a Alfonso me sentencia
vuestra barbaridad, no me arrepiento; 2180
nada vuestros rigores me amedrentan.
Yo amo a Alfonso, y primero que le olvide,
primero que en mi pecho descaezca
aquel intenso ardor con que le quise,
no digo yo una vida, mil quisiera 2185
tener para poder sacrificarlas
a mi amor. ¿Qué dudáis? Mi sangre vierta
vuestro rigor. Al pecho que os ofrezco
tan voluntariamente, abrid mil puertas;
que no cabrá por menos tanta llama, 2190
tanto ardor, tanto fuego, tanta hoguera.

---

[377] *puertas*

Rubén *(Sacando el puñal.)*

A lo menos, Rubén sin defenderse
no ha de morir.

ÁLVAR FÁÑEZ

   Matadlos. Mas no sea
nuestro acero infamado con su sangre.
Este hebreo que el Cielo aquí presenta   2195
ha de ser, Castellanos, su verdugo.
Tú, Rubén, si salvar la vida intentas,
pues consejero fuiste de sus culpas,
ahora ejecutor sé de su pena.

RAQUEL

¡Oh Cielos, qué linaje de tormento   2200
tan atroz!

RUBÉN

 ¡Yo...!

ÁLVAR FÁÑEZ

   Rubén, no te detengas
 (Poniéndole la espada al pecho.)
si pretendes vivir.

RUBÉN

   Pues si no hay remedio,
conserve yo mi vida, y Raquel muera.
    (Hiérela.)

RAQUEL

¡Ay de mí!

ÁLVAR FÁÑEZ

   Pues está ya herida, huyamos.   2205
 Vanse ÁLVAR FÁÑEZ *y* CASTELLANOS

RAQUEL

¿Tú me hieres, Rubén? ¿Tú? ¿Satisfecha
no estaba tu maldad con haber sido
la causa de perderme, ¡dura pena!,
sino que eres, infame, el instrumento
de mi muerte también? Mas no es tu diestra,
hebreo vil, la que me da la herida;   2210
amor me da la muerte. ¡Qué torpeza
mis miembros liga! Amado Alfonso mío,
¿dónde estás? ¿Qué descuido así te aleja?
¿Así morir consientes a quien amas?
¿En tanto mal a quien te adora dejas?   2215
¡Vuela, Alfonso! ¡Ay de mí! ¡Oh amor! ¡Oh
                                      [muerte!
(Apoyándose en la silla.)
Y tú, oh trono, que causas mi tragedia,
ayuda a sostener el cuerpo débil
que el alma desampara; Alfonso, vuela,
y recibe este aliento que el postrero   2220
es de mi vida. ¡Ay Dios! ¡Qué mal se esfuerza
el corazón! Alfonso..., amado Alfonso...
¿Qué te detiene? ¿Cómo a ver no llegas...?
(Cayendo al pie de la silla.)

Salen ALFONSO *y* MANRIQUE *escuchando*

ALFONSO

Cierta es ya mi desdicha. Mas ¿qué veo?
(Precipitado hacia Raquel.)
¡Raquel! ¡Ay infeliz! ¡Raquel! ¿Tú muerta?   2225

RAQUEL

Sí, yo muero; tu amor es mi delito;
la Plebe quien le juzga y le condena.
Sólo Hernando es leal. Rubén, ¡qué ansia!,
me mata. Yo por ti muero contenta.

ALFONSO

¡Ay, infeliz de mí! ¡Oh amor! ¡Oh golpe 2230
duro y mortal! ¡Oh mano infame y fiera!
Raquel mía, mi bien, ¿quién de esta suerte
de púrpura tiñó las azucenas?
¿Cuál fue el aleve, cuál el fiero brazo
que la flor arrancó de tu belleza? 2235
¿Qué tempestad furiosa descompuso
tu lozanía? ¿Qué envidiosa niebla
abrasó los verdores de tu vida?
¿Qué venenoso aliento, qué grosera
planta infame ultrajó tus perfecciones? 2240
¿Quién el cobarde fue, que en tu inocencia
ensangrentó el acero? Dueño amado,
mi Raquel, ¿no me oyes? ¿Tú te niegas
a Alfonso? Dadme muerte, penas mías[378].
Contigo glorias los pesares eran, 2245

---

[378] RAQUEL.—*No traidores, no aleves, no cobardes, / y si porque amo a Alfonso me condena / vuestra barbaridad; no me arrepiento, / a Alfonso adoro, nada me amedrenta. / ¿Qué os detenéis? Al pecho que inflamado / está de tanto amor abrid mil puertas, / que no cabrá por menos tanta llama, / tanto ardor, tanta herida, tanta hoguera.*

FÁÑEZ.—*Matadla ya.*

RUBÉN (aparte).—*Mas yo sin defenderme / no he de morir.*

RAQUEL.—*Llegad: ¿qué hay que os detenga?*

FÁÑEZ.—*Pasadla el pecho... pero, no, teneos, / no la matéis, que mal contado fuera / si su sangre manchase nuestras manos: / este aleve que el Cielo aquí presenta, / para mayor tormento ha de matarla: / Tú, Rubén, si salvar tu vida intentas, / pues consejero fuiste de sus culpas, / ahora ejecutor sé de su pena.*

RAQUEL.—*¡Oh Cielo, qué linaje de tormento / tan atroz!*

RUBÉN.—*Yo...*

FÁÑEZ.—*Rubén, no te detengas / si pretendes vivir.*

RUBÉN.—*Mirad...*

FÁÑEZ.—*No hay remedio, / o mátala al instante, o tú por ella / mueres sin duda.*

RUBÉN.—*Pues si no hay arbitrio, / consérvese mi vida y Raquel muera.* (Hiérela.)

RAQUEL.—*¡Ay de mí!*

FÁÑEZ.—*Pues está ya herida, huyamos.*

y sin ti ya, ¿qué puedo prometerme
que no sea dolor, pesar no sea?
¿Mas muerta tú, yo vivo, y no te vengo?
¿Qué es aquesto, dolor? ¿Qué es esto, ofensas?
Pero ¿no dices tú: Rubén me mata? 2250
¿Cuál el motivo fue? Pero ¡qué necias
mis dudas son, Raquel! ¿Tú no le acusas? [379]
Pues muera este traidor, y con él mueran
cuantos... Mas, Cielos... ¡Oh cruel!, ¿alarde
    (Reparando en Rubén.)
haciendo estás de tu delito?

TODOS (*yéndose*).—*¡Qué horror!*
(RAQUEL *cayendo y levantando*. RUBÉN *como asombrado*.)
RAQUEL.—*Tú me das la muerte. ¿No contenta / estaba tu maldad con haber sido / causa de tanto mal? ¿También tu diestra / quiso ser instrumento de mi muerte / por colmo de desdichas? Mas... no es ella / in... fame... Hebreo, quien me da la herida. / Amor... ¡Ay, Dios! me ma...ta.... qué torpe...za: / mis mi...embros liga... amado Alfonso mío, / ¿Así de mí te apartas y me dejas? / ¿Qué congojas! así de mí te olvidas? / Trono excelso, ocasión de mis tragedias /* (apoyándose en la silla) *ayu...da a sos...tener el cuerpo débil / que el alma.. des...ampara, Alfonso, vuela: / re...cibe aque...ste aliento, que el pos...trero / es de mi vida (¡ay, Dios!) que mal se esfuerza: / el corazón... amado Alfonso... ¡Oh Cielos!*
(RAQUEL *en la silla*. ALFONSO, MANRIQUE *y* GUARDIAS.)
ALFONSO.—*De Raquel, ¡ay de mí! son estas quejas: / cierta es ya mi desdicha: mas, ¡qué miro! / ¡Oh terrible dolor!*
RAQUEL.—*¿Cómo no llegas, / Alfonso?*
ALFONSO (*arrodillándose delante de ella*).—*Raquel mía.*
RAQUEL.—*Mas yo muero: / amarte es mi delito. La inclemencia / de tus vasallos quien la juzga. Hernando / sólo es leal; la aleve mano fiera / de Rubén, instrumento de mi muerte, / y yo quien muera por tu amor contenta.* (Quédase cayendo en la silla.)
ALFONSO.—*¿Qué es esto? ¡ay, infeliz!, ¿qué es lo que escucho? / Raquel... mi dueño... ya murió... ¡qué pena! / Raquel mía, mi bien, ¿quién de esta suerte / de púrpura tiñó las azucenas? / ¿Cuál fue el tirano, cuál el fiero brazo / que la flor arrancó de tu belleza? / ¿Qué pie infame arrancó tus perfecciones? / ¿Quién el cobarde fue que en tu inocencia / ensangrentó el accro ignominioso? / Mi bien, mi dueño hermoso, ¿tú te niegas / a Alfonso? Dadme muerte, penas mías*. Fols. 75r-78v. Cfr. vs. 2178-2244.

[379] *¿Qué motivo le diste? Mas ¡qué necias / mis dudas son! ¿Tú misma no le acusas?*

Rubén

                Templa [380]   2255
el furor un momento mientras digo,
Alfonso, mi disculpa.

Alfonso

                ¿Puede haberla,
traidor, para una acción tan horrorosa? [381]

Rubén

De tus mismos vasallos la violencia [382],
el temor de la muerte y su amenaza   2260
me han obligado a hacerlo.

Alfonso

                    ¡Oh vil empresa!
              (Tómale el puñal.)
¿Y ésa es disculpa? Amado dueño mío,
en venganza recibe de tu ofensa
            (Hiérele.)
la vida de este aleve por primicias
de otras muchas. Las lóbregas tinieblas [383]   2265
del infierno sepulten tus maldades.

Rubén *(Cayendo)*

Quien con ellas vivió, muera por [384] ellas.

---

[380] *... maldad? Sosiega...*
[381] *¿Qué has de decir, infame, que te disculpa?*
[382] *fiereza*
[383] *cavernas*
[384] *con*

Sale GARCÍA

GARCÍA

Alfonso... Pero ¿qué es lo que estoy viendo? [385]

ALFONSO

La más infame hazaña, la más fea,
la maldad más oscura y detestable.   2270
Muerta ves a Raquel a la violenta
furia de mis vasallos.

GARCÍA

¡Qué desdicha!
Yo, Alfonso...

ALFONSO

Tu lealtad y tu nobleza
sé ya, Hernando: Raquel la ha publicado.

MANRIQUE

Sí, García: muriendo la confiesa.   2275

ALFONSO

Mas al Cielo protesto que es testigo
de acción tan inhumana y tan sangrienta [386];
a los hombres, que el hecho escandaliza,
al mundo que le culpa y le detesta,
a la fidelidad de los leales,   2280
a mí mismo, a este Trono, cuyas regias

---

[385] *Alfonso... Mas ¡ay Dios!*
GARCÍA.—*¿Qué es lo que veo?*
ALFONSO.—*La maldad más infame, más sangrienta, / la acción más villana y detestable: / muerta ves a Raquel a la violencia / de mis propios vasallos.*

[386] *violenta*

prerrogativas se hallan ultrajadas,
y a ti, oh Raquel, que con tu sangre riegas
de este lugar el trágico distrito,
la más atroz venganza: porque vean 2285
los que tengan noticia de la injuria,
que si hubo quien osase cometerla,
también hubo quien supo castigarla.
Venganza, amor; quien te ha ofendido muera.

Salen ÁLVAR FÁÑEZ *y* CASTELLANOS

ÁLVAR FÁÑEZ *(De rodillas)*

Dices, Alfonso, bien; y si pretendes 2290
satisfacción tomar de ésta que ofensa
acaso juzgarás y por servicio
reputamos nosotros, las cabezas
a tus pies ofrecemos, que no importa
morir cuando tu honor vengado queda. 2295

ALFONSO *(Poniendo mano a la espada)*

¿Cómo, traidores? ¿Cómo, desleales...?

GARCÍA *(Deteniéndole)*

Señor, si con vos tiene alguna fuerza
mi ruego, reprimid vuestros enojos;
a la justicia remitid la queja:
Mirad, Señor, que el Cielo los disculpa. 2300

ALFONSO

Tienes razón, que el santo Cielo ordena,
por más atroz que sea su delito,
que quien le cometió disculpa tenga.
Yo tu muerte he causado, Raquel mía;
mi ceguedad te mata; y pues es ella 2305
la culpada, con lágrimas de sangre

lloraré yo mi culpa y tu tragedia.
Yo os perdono, vasallos, el agravio:
alzad del suelo, alzad. Sírvaos de pena
contemplar lo horroroso de la hazaña 2310
que emprendisteis en esa beldad muerta.

Todos

Confusión y dolor causa su vista.

García

Escarmiente en su ejemplo la soberbia,
pues cuando el Cielo quiere castigarla,
no hay fueros, no hay poder que la 2315
               [defiendan.

Colección Letras Hispánicas

TÍTULOS PUBLICADOS

El hombre y su poesía, MIGUEL HERNÁNDEZ.
  Edición Juan Cano Ballesta.
Cuatro obras, ALFONSO RODRÍGUEZ CASTELAO.
  Edición de Jesús Alonso Montero.
La Celestina, FERNANDO DE ROJAS.
  Edición de Bruno Mario Damiani.
Verso y prosa, BLAS DE OTERO.
  Edición del autor.
Raquel, VICENTE GARCÍA DE LA HUERTA.
  Edición de Joseph G. Fucilla.
El estudiante de Salamanca, JOSÉ DE ESPRONCEDA.
  Edición de Benito Varela Jácome.

DE PRÓXIMA APARICIÓN

Las Inquietudes de Shanti Andia, PÍO BAROJA.
  Edición de Julio Caro Baroja.
Campos de Castilla, ANTONIO MACHADO.
  Edición de José Luis Cano.
Descubrimiento de Madrid, RAMÓN GÓMEZ DE LA SERNA
  Edición de Tomás Borrás.

Se terminó la impresión de esta obra en los talleres de Artes Gráficas Benzal, de Madrid (calle de las Virtudes, 7), el día 25 de abril de 1974

DATE DUE

GAYLORD			PRINTED IN U.S.A.